가프 현대 판타지 소설

MODERN FANTASTIC STORY

밥도둑

약선

요리

王 왕

밥도둑 약선요리王 11

가프 현대 판타지 소설

초판 1쇄 찍은 날 § 2019년 11월 6일
초판 1쇄 펴낸 날 § 2019년 11월 13일

지은이 § 가프
펴낸이 § 서경석

총괄팀장 § 노종아
편집책임 § 신나라

펴낸곳 § 도서출판 청어람
등록번호 § 제387-1999-000006호
등록일자 § 1999. 5. 31
어람번호 § 제1-3060호

주소 § 경기도 부천시 부일로 483번길 40 서경B/D 3F (우) 14640
전화 § 032-656-4452 팩스 § 032-656-4453
http://www.chungeoram.com
E-mail § chungeorambook@daum.net

ⓒ 가프, 2019

ISBN 979-11-04-92080-6 04810
ISBN 979-11-04-91945-9 (세트)

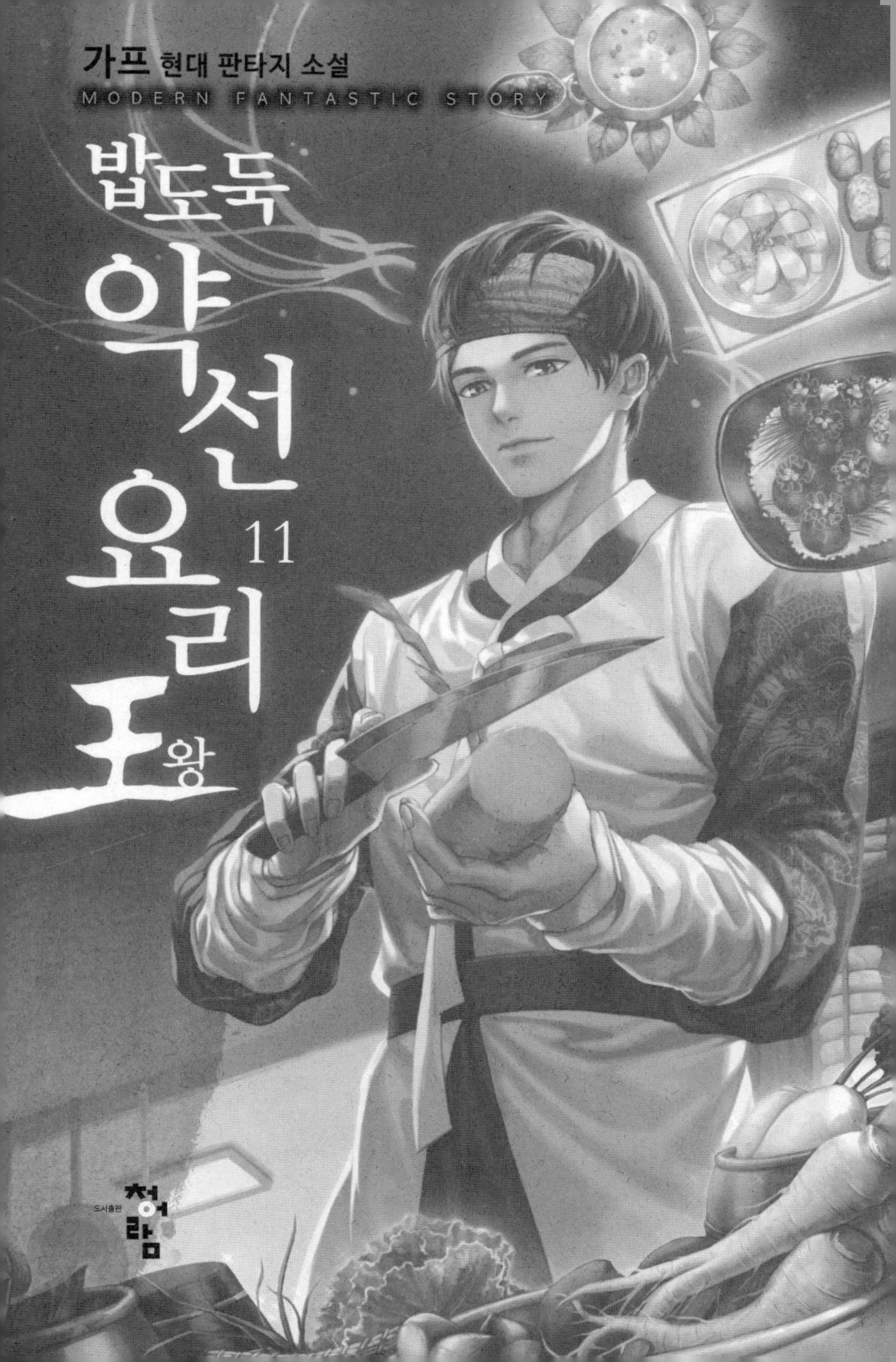
가프 현대 판타지 소설
MODERN FANTASTIC STORY
밥도둑 약선요리王왕
11
도서출판 청어람

밥도둑
약선
요리
王 왕

목 차

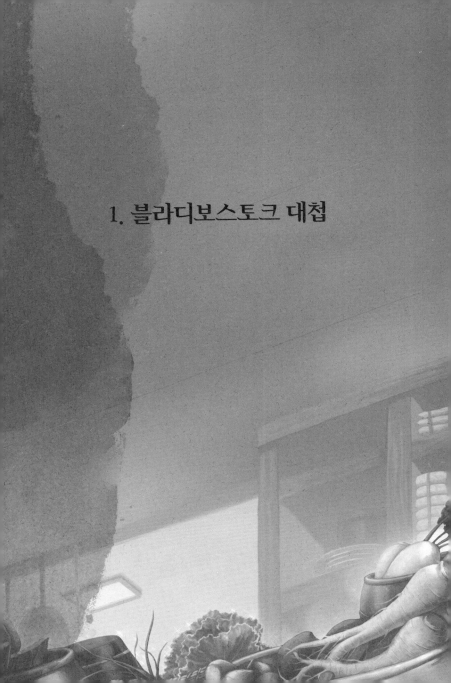

1. 블라디보스토크 대첩

은나라 탕왕의 오리통구이.
진시황의 전복.
로마 네로 황제의 버섯.
시저의 표고버섯과 돼지고기
인도 간디의 산양젖.
의자왕의 참새죽.
세종의 흰수탉 고환.
연산군의 민물장어, 마늘백숙.
모택동의 돼지껍질.
스탈린의 사슴불고기.

등소평의 동충하초.

역사를 이룬 사람들이 정력식으로 선호한 요리와 재료들.

민규는 짬짬이 정력요리에 대한 확인에 들어갔다. 공부는 끝이 없다. 민규라고 해서 지상의 모든 요리를 아는 건 아니었다.

돈과 권력이 생기면 여자를 꿈꾸게 되는 걸까? 그런데 그들의 요리가 모두 다 화려한 건 아니었다. 결국 약이 되는 건 체질과의 관계였다. 개똥을 써도 몸에 맞으면 되는 것이다.

오골계―간과 왼쪽 날개의 깃털이 발기부전에 좋다.

유황오리―양기를 돋워 정력을 좋게 한다.

참새알―정액을 늘리는 등 정력에 좋다. 이른 봄, 맨 처음 낳은 알이 가장 좋다.

오징어―정을 늘려 정력을 돕는다.

푸른 잠자리―양기를 돋아 정력에 좋다.

가시연밥―정기를 보충하니 정력에 좋다.

부추씨―볶아서 사용하면 정력을 키운다.

쑥 열매―신장을 강하게 하고 양기를 돋워 정력에 좋다.

구기자―힘줄과 뼈를 튼튼하게 하고 양기를 북돋운다.

산수유―발기부전을 치료하고 정력을 증진한다.

복분자, 야관문, 녹용, 음양곽, 홍삼, 해삼, 장어…….

정력 음식으로 소문난 것들에 이어 소소한 재료들까지 전부 줄을 세워보았다. 그러다 함께 만난 단어가 경옥고였다. 한방에서는 사람의 기본적인 바탕을 정—기—신(精—氣—神)이라고 본다. 이를 세 가지 보물이라고 여겨 삼보(三寶)라고 불렀다. 그 정기신을 잘 기르기 위한 보약으로 경옥고를 첫손에 꼽았으니 정과 기를 해결해야 할 민규의 귀가 솔깃할 수밖에 없었다.

이규태 박사가 떠올랐다. 그러면 민규가 간과하고 있는 것에 대한 도움을 줄지도 몰랐다.

"정력제라?"

병원 진료실의 이규태가 고개를 들었다. 그는 퇴근을 미룬 채 민규를 맞아주었다. 평소 민규에게 진 신세가 많은 까닭이었다.

"일반적으로는 공진단이니 경옥고니 하는 걸 많이 찾지요. 청심환과 더불어 왕실의 3대 약으로 불리니까요."

경옥고 이야기가 시작되자 민규 청각이 쫑긋 반응을 했다.

문헌을 액면대로 믿으면 경옥고는 만병통치약에 불로불사의 약이었다. 먹으면 노인도 어린아이처럼 생기가 돌아온다. 인체의 모든 허한 것을 보충해 주고 모든 질병을 치료하며 오장의 기운을 생동하게 만든다. 빠진 이가 새로 나고 흰머리가 검어지며 심지어는… 27년을 복용하면 360세까지 살 수 있으며 60년간 복용하면 500세까지도 가능하다고 한다.

경옥고의 주요 성분은 인삼과 백봉령, 지황과 연밀. 인삼이야 한국인이라면 모를 리 없고 백봉령은 정신 안정을 위해, 지황은 진액을 보충하기 위해 들어간다. 명약답게 만드는 방법도 쉽지 않다. 3일을 중탕해서 하루 식히고, 다시 하루를 중탕해야 한다. 이렇게 하면 약 성분들이 숙성되어 검은 빛깔의 고로 변한다.

문헌대로라면 경옥고는 인체의 리셋과도 같았다. 노인이 어린아이의 몸으로 돌아간다. 그게 리셋이 아니면 무엇이란 말인가?

"경옥고가 좋은 약이긴 하지만 그 정도까지야 되겠습니까?"

민규 의견에 이규태가 웃었다.

"원래는 가능했기 때문에 그렇게 쓴 게 아닐까요?"

"뭐 그럴 수도 있겠지요. 과거의 한의사들은 선가나 도가의 능력을 가진 분이 많았으니까요. 높은 도력의 한의사라면 불로약 경옥고를 만들 수도 있을 겁니다. 하지만 그런 능력자는 많지 않으니 원나라의 시조 쿠빌라이 칸도 경옥고를 애용했지만 결론적으로 오래 살지는 못했습니다."

"박사님의 경옥고는 어떻습니까?"

"어이쿠, 그렇게 직설적으로 물어보시면……."

"죄송합니다."

"이 셰프님이라면 그런 것도 약선요리로 다 해결되지 않습

니까? 솔직히 말하자면 번거로운 한약이 셰프님 약선에 댈 게
아니죠."

"혹시 제가 간과하는 게 있나 해서 그럽니다."

"경옥고에 대한 반응은 굉장히 다양합니다. 어쩌면 셰프님
의 체질식하고도 궤를 같이하지요. 단 한 알 먹고 그날 밤 짐
승이 되었다는 분, 피로의 '피' 자도 잊었다는 분, 이틀 밤을
새워도 끄떡이 없다는 분……. 하지만 아무 효과 못 봤다고
컴플레인 거는 분도 있거든요."

"잘만 맞으면 문헌에 가까운 효과를 볼 수도 있다는 뜻으로
군요? 노인의 몸이 젊어지는 리셋……."

"문헌대로 만든다면 그렇다고도 볼 수 있겠지요. 저도 그런
상상이 들어 비방약 만들 때 약수를 좀 주실 수 있냐고 말씀
드렸던 겁니다만……."

"그럼 한방에서는 정력 탕제에 주로 어떤 약재료를 쓰시나
요?"

"하핫, 약선으로 약재까지 통달하신 셰프님이 물어보니 굉
장히 조심스럽군요. 자칫 망신이나 당하는 건 아닌지……."

"제 약재 지식이라야 다 소소한 것들뿐입니다."

"대개는 셰프님도 알고 계신 걸 겁니다. 일단 해구신이나 백
마의 음경 같은 게 꼽히는데 구하기 어렵고… 복분자와 야관
문, 원잠아(原蠶蛾), 상표초(桑螵蛸), 석종유, 녹용, 음양곽, 산수
유, 백봉령, 구기자, 오미자, 산수유, 부추씨, 쑥 열매 등도 단

골로 쓰이지요."

"해구신이 정말 그렇게 좋나요?"

"저는 안 써봐서 모르지만 옛날에 제 스승께서 과거 대통령 한 분에게 처방한 적이 있다고 하더군요. 그 대통령이 다음 날 부르더니 금일봉을 주셨다나요? 무려 10년이 넘도록 성생활을 못 한 분이었는데 그 정도면 효과를 알 만하지요?"

"원잠아는 누에입니까?"

"두 번 잠을 잔 누에의 나방이죠. 볶아서 쓰면 정력을 강하게 하고 발기부전을 치료한다고 합니다."

"그럼 상표초는요? 상(桑) 자가 들어가는 걸 보니 뽕나무 쪽 같은데."

"맞습니다. 뽕나무에 붙어 있는 사마귀의 알인데 역시 정력 부족에 탁월하다는 글이 있습니다."

원잠아와 상표초는 소득이었다. 민규도 잘 모르던 약재였다.

"말이 나온 김에 약선요리에서는 어떻습니까? 저도 어떤 음식을 먹으면 좋냐는 질문을 받을 때가 있어서……."

이제 이규태가 질문을 던졌다.

"약선도 경옥고와 같아 반응은 사뭇 다를 수 있습니다. 어떤 사람은 장어를 먹으면 불이 안 꺼진다고 하지만 또 어떤 분은 오리고기를 먹으면 그렇다고 하고… 심지어는 상추나 곱창을 먹어도 거기에 신호가 온다는 분도 있지요. 따라서 그 사람의 체질에 맞춰야 효과적입니다."

"역시 체질이군요?"

"그것 외에도 해삼이나 새우, 곱창, 닭이나 소의 고환, 푸른 빛깔 잠자리, 참새, 오골계, 메뚜기, 메추리고기… 아, 연산군은 사슴꼬리를 먹었다고 하니 그 또한 식재료가 될 수 있겠군요."

"역시 훤하시군요. 잠자리는 실제로 써보셨나요?"

"아직은……"

민규가 말끝을 흐렸다. 정력약선 전문가가 아니었으니 그렇게까지 쓸 일은 없었다.

"그럼 박사님이 생각하는 최고의 정력 한약재는 뭐라고 보십니까?"

"셰프님 앞에서 할 말은 아닌 것 같지만 밥 아닐까요?"

"밥이오?"

민규가 고개를 들었다.

"오곡이 인간 정기의 기본 아닙니까? 기본 없이 정력만 우뚝하면 그것도 병이겠지요. 이 셰프님의 요리를 보면서 내린 결론입니다."

기본 없이 정력만 우뚝하면 병.

명언이었다. 사람들은 흔히 몸에 애로가 생기면 특별한 비방을 찾는다. 그러나 그럴 때일수록 기본을 돌아봐야 한다. 잘 먹고 잘 자고 잘 싸면 어떤 보약이나 특식도 필요하지 않은 게 인체였다.

거꾸로 말하면, 주야장천 특식이나 보약에 매달려 살면 그게 병이었다. 좋다는 것만 골라 먹으면 탈이 난다. 그것도 심하게…….

러시아 가스 회사 회장님.

종규가 검색으로 정체(?)를 밝혀냈다. 사진을 보았으니 대조는 어려울 것도 없었다. 그는 의자왕 저리 가라 할 정도로 여자 킬러였다. 아버지의 가스 회사를 물려받은 후부터 온갖 추문을 뿌리고 다녔다. 해외 출장이나 휴가지로 날아가는 자가용 비행기 안에는 애인과 요리사가 필수였다. 그는 여자에도 요리에도 대식가(?)였다. 그 성향만 봐도 그의 섭생이 어떻게 변했을지 짐작이 갔다. 산해진미에서 정력식으로. 나중에는 오직 정력에 좋은 요리만. 기울어가는 건강에 불을 부어버린 것이다.

생에 부여된 선천 정을 함부로 바닥내 버린 남자.

바닥을 낸 것도 모자라 긁고 또 긁고 우려내서 쓴 남자.

그래도 아쉬워 과거의 정력왕으로 돌아가고 싶어 하는 남자…….

리셋이 될까?

그렇게만 된다면 약선요리를 맞추기는 쉬워진다. 온갖 찌꺼기 위에서 내는 요리 효과와 백지에서 흡수되는 요리는 다른 것이다.

엉뚱한 생각이 모락모락 피어오를 때 간호사가 들어왔다. 이규태의 지시를 받고 경옥고 샘플들을 가져온 것이다. 좋은 퀄리티였지만 민규 마음에는 들지 않았다. 여덟 가지 판별력을 동원하니 약재의 균형이 다소 헐렁했다. 선약은 제법만으로 만들어지지 않는다. 요리사의 실력이 중요하지, 레시피가 중요하지 않은 것과 같은 맥락이었다.

더구나 현대의 한방 제조. 원방의 레시피를 제대로 따랐을 리 없었다.

경옥고의 레시피.

물과 불, 환경의 문제가 있었다. 원래 선약이나 불로약을 조제할 때는 상지수가 갑이다. 그것도 아니면 정화수나 요수라도 써야 했다. 그러나 병원 탕제실에 그런 물이 있을 리 없었다. 두 번째는 불이었다. 최상의 경옥고를 얻으려면 뽕나무 잔가지 불이 필요했다. 병원의 탕제실 불은 가스로 돌아갔다. 마지막은 정숙한 분위기. 레시피에 나오는 개나 닭 소리 금지가 그것이었으니, 부정 타는 일까지 금한다는 뜻이었다.

"박사님."

"예?"

"비방 탕약 만드실 때 좋은 약수를 넣으면 최상의 효과가 나올지 궁금해하셨지요?"

"예."

"제가 문헌 속의 효과를 내는 경옥고에 한번 도전해 보겠습니다."

"예?"

민규 말에 이규태의 입이 쩌억 벌어졌다. 약선요리의 명인 민규. 하지만 경옥고는 한방의 영역. 그 제법이 까다롭고 복잡해 손대지 못하는 한의사조차 있었다. 그렇기에 요리와는 또 다른 차원. 그런 차에 나온 전격 폭탄선언이 나온 것이다.

불사약에 버금가는 문헌 속의 경옥고.

그걸 직접 만들어보겠다고?

쾅!

이규태의 머리 안에서 폭탄이 터졌다.

"셰프!"

"주제넘은 생각일까요?"

"아, 아니. 그런 뜻은 아닙니다만······."

"경옥고를 하나의 요리라고 생각하면······."

"원방 레시피를 보았습니까?"

"읽은 적이 있습니다."

"설마 그대로 하겠다는 건 아니겠지요? 당대의 문헌들은 당대의 감성과 정서를 담고 있습니다. 우리 시대에는 있을 수 없는······."

"알고 있습니다."

"현대의 약은 양약이나 한약이나 성분의 시대입니다. 탕약을 달이는 방법 역시 표준화, 과학화되었기에 과거의 추출법에 비할 바가 아닙니다."

"그 또한 맞지만 한방에서 중시하는 정신 기혈은 아직도 과학화나 표준화로 설명하지 못하고 있지 않습니까?"

"……"

"그렇기에 박사님도 탕약에 신비의 물을 넣어 달이면 더 나은 효과가 나올지도 모른다는 생각을 하신 거고요."

"그런 생각을 안 한 건 아닙니다만……."

"요리사의 호기심입니다. 설령 실패한다고 해도 남는 장사거든요. 무엇이든 간에 도전하는 일은 제게 자산으로 남으니까요."

"그건 공감합니다."

"오늘 도움 말씀 고마웠습니다. 박사님께 좋은 소식 전할 수 있기를 바랍니다."

"셰프……."

인사를 마치고 나왔다. 이규태는 떵한 표정을 지었지만 개의치 않았다.

문헌 속의 효과를 내는 경옥고.

어쩌면 문헌은, 최상의 결과만을 기록했을지도 모른다. 희망의 결과를 기록했을지도 모른다. 동의보감만 봐도 재미난 기록들이 많다. 몸이 보이지 않는 투명인간법도 있고 이빨이 새로 나는 법도 있다. 레시피를 따라 해보지는 않았지만 무조건 불가능한 일일까?

민규는 고개를 저었다. 단정할 수 없었다. 민규 자신이 그랬다. 약선요리로 즉시 즉발의 효과를 내는 것. 누가 믿었을 것인가? 그러나 민규는 해내고 있었다. 사람의 상태를 정확하게 읽고 거기 필요한 유효성분의 임계점을 맞추면 암이라고 해도 못 고칠 이유가 없었다. 약리작용 또한 그 원리로 투약되었다. 문제는 그 질병에 얼마나 집중적으로 작용하느냐가 관건인 것이다.

경옥고.

거기 쓰이는 약재는 이미 약선으로 다뤄보았다. 인삼과 백복령, 꿀과 지황은 코뿔소의 뿔 서각처럼 구하기 어려운 것도 아니었다. 차를 몰고 제기동 약령시장으로 달렸다. 달리면서 황창동 사장에게 전화를 넣었다.

"이 셰프!"

그는 도로변까지 나와 민규를 반겼다. 이제는 민규의 충실한 협력자가 된 황 사장. 그는 좋은 물건만을 골라 보내주었고 민규는 값을 후하게 쳐주었으니 케미 돋는 동반자가 아닐 수 없었다.

"죄송해요. 퇴근하셔야 할 텐데……."

민규가 차에서 내렸다.

"아이고, 뭔 소리야? 이 셰프는 내 인생의 VVIP야. 뽑아놓으면 손가락 잘라 버리고 싶을 정도로 후회나 안겨주는 대통령들보다도 윗사람이라고."

"별말씀을……."

"이리, 이리 앉아. 약재 필요하다고?"

황 사장이 소파를 권했다. 종규 약재의 품질을 사기당한 걸 알고 쳐들어왔을 때를 생각하면 격세지감이었다.

"그새 또 가게가 확 바뀌었네요?"

"이 셰프 덕분에 거래처가 많이 늘었잖아. 그래서 디스플레이도 바꿔놓았어."

황 사장은 싱글벙글이었다. 그의 말대로 그는 제 전성기를 누리고 있었다. 민규 덕분이었다. 민규의 초빛에 약재를 거래한다는 게 소문나자 신용이 높아졌다. '고퀄리티 약재상'으로 소문을 탄 것이다. 덕분에 재벌이나 거부들의 방문도 늘었고 일반 손님들 역시 서너 배나 늘어났다.

"자, 말씀하신 약재 대령입니다."

황 사장이 약재를 가져다 펼쳐놓았다.

"내가 최상급으로 고르긴 했는데 약재 보는 눈이야 이 셰프 당할 사람 있나? 일단 골라봐. 마음에 안 들면 내일 다시 수배해 줄 테니까."

황 사장이 약재를 가리켰다.

백봉령, 기가 막혔다. 아직도 솔 향이 은은하다. 심산계곡의 싱그러운 속삭임을 머금은 백봉령에는 세속의 잡티 하나 묻어 있지 않았다. 도로조차 끊긴 숲에서 구한 게 틀림없었다.

합격.

지황—이 또한 퀄리티가 최상급이었다. 볼품은 없지만 여덟 판별법에 일곱 가지나 특급을 찍었다. 이만하면 대물급에 속했다.

　합격.

　연밀—다른 말로 숙청(熟清)이라고 한다. 꿀의 법제품으로 약한 불에서 물기가 없어지도록 졸인 것이다. 꿀로 환약을 만들 때에는 연밀을 쓴다. 이 또한 흠잡을 데가 없었다.

　합격.

　그런데…….

　인삼은… 민규가 고개를 들었다. 인삼이 아니고 홍삼을 세팅해 놓은 게 아닌가?

　"아, 그거? 내가 듣자니 저기 전라도 어디에 경옥고로 유명한 한의사가 있다네? 그 양반이 만든 갑생고에 홍삼이 들어가 있는데 굉장히 유명하다고 하더라고. 그래서……."

　"갑생고요?"

　"그것도 경옥고인데 자기만의 비방으로 만들었다고 이름을 달리 붙였다더군. 그래서 이 셰프도 홍삼을 넣으면 어떨까 해서……."

　"좋은 생각이신데요?"

　민규가 반색을 했다. 홍삼은 인삼의 업그레이드 버전. 좋은 인삼을 골라 넣은 게 경옥고라면 홍삼 이상의 인삼도 드물 일이었다. 황 사장의 홍삼 역시 질이 좋았다. 그러나…….

불합격!

민규가 홍삼을 밀어냈다.

"역시 원방대로?"

황 사장이 웃었다.

"아뇨. 혹시 산삼 가진 거 있습니까?"

"산삼?"

황 사장의 촉이 우수수 일어섰다. 오랜 장사꾼의 감이다. 민규와 거래하면서 한층 높아진 감이다. 인삼 대신 홍삼을 권한 사장. 그러나 민규는 그 궁극을 꿈꾸고 있었다. 인삼의 지존은 누가 뭐래도 산삼이었다.

인삼<홍삼<산삼.

민규는 과연 홍 사장보다 한 수 위였다.

"기다려 보시게."

황 사장이 밖으로 나갔다. 약령시장의 터줏대감. 그는 이 근방의 소문을 죄다 꿰고 있었다. 오래지 않아 황 사장은 산삼 두 뿌리를 들고 왔다.

"저 위의 약재상에 들어온 대물이라네. 임자 알아봐 준다고 가져왔으니까 마음에 들면 골라서 가져가시게."

황 사장이 바구니 뚜껑을 열었다.

"……!"

그걸 본 민규, 등골에 한기가 맺혀왔다. 두 산삼. 하나는 노두 아래가 오동통하다가 뿌리로 내려갔다. 바위 위에서 시작해 생명을 뻗은 것이다. 다른 하나는 날씬한 몸매에 억센 잔털이 무성했다. 거친 흙을 뚫고 내린 목숨의 신비였다.

음과 양.

이 산삼은 같이 가야 했다. 그래야 시너지를 낼 수 있었다.

"얼마 쳐드려야 하나요?"

"하나에 600이 마지노선이네."

"그럼 1,200 드리죠."

"둘 다 가져가려고?"

"예."

"둘 다 사려면 돈은 1,200까지 줄 것 없이……?"

황 사장의 입은 거기서 막혔다. 민규가 취한 '쉿' 자세 때문이었다. 황 사장은 다시 한번 압도되었다. 좋은 물건은 값을 깎지 않는다. 그러면 약효가 떨어진다. 민규의 눈빛을 보고 알았다.

1,200만 원.

5만 원짜리 현금을 찾아다 쏴주었다. 그쪽 약재상이 달려와 고맙다는 인사를 했다. 생지황과 백복령, 연밀까지 챙긴 후에 차에 올랐다. 좋은 재료를 보면 요리가 땡긴다. 경옥고라고 다를 건 없었다.

"나무는요?"

"아, 그건 초빛으로 배달하라고 했어. 곧 도착할 거야."

"주문한 대로 틀림없겠죠?"

"당연하지. 장난치면 죽여 버린다고 했으니 제대로 갈 거야. 신용 좋은 사람이니까."

"고맙습니다."

인사를 하고 차에 올랐다.

"저 친구가 그 친구?"

민규가 떠난 후에 약재상이 황 사장에게 물었다.

"친구라니? 우리 이 셰프가 당신 친구야?"

황 사장 목에 힘이 들어가자 약재상이 흠칫거렸다.

"방금 그 배포 못 봤어? 다른 찌질이들 같으면 두 개 다 사니까 적어도 100만 원은 퉁치려고 나왔을 거야. 아니면 모양 좋게 1,000으로 가자든지."

"……."

"그런데 한 푼도 안 깎고, 카드도 아니고 입금도 아니고 현금으로 쏴주는 매너 좀 봐. 그런데 나이 좀 어리다고 친구?"

"아, 아니. 황 사장… 내 말은……."

"장사 좀 한 사람이 귀인으로 대접을 못 할지언정……."

황 사장이 돌아섰다. 그의 마음은 진심이었다. 민규의 본질을 알고부터 전성기를 맞은 황창동. 무엇보다 민규 수준에 맞추다 보니 자신의 안목도 쑥 올라갔다. 거래처부터 능력까지 인생 업그레이드가 된 것이다. 그렇기에 누구든 민규를 함부로 대하면 그냥 두지 않을 생각이었다.

"허, 산삼이라……."

소파에 앉은 그가 홍삼을 만지작거렸다. 의견 하나 던지자 바로 궁극으로 치달아 버린 민규. 그래도 나름 기여를 한 것 같아 뿌듯한 황 사장이었다.

'이 셰프의 경옥고라……'

왕창 기대가 되었다.

*   *   *

산삼에 백봉령, 생지황 연밀.

재료는 구비되었다. 하지만 그냥 진행할 민규가 아니었다.

군신좌사.

약선의 기본은 따져봐야 할 것 아닌가? 묻지도 따지지도 않고 그저 좋은 재료 넣고 푹푹 달인다고 좋은 명품이 나온다면 요리사의 실력이 왜 필요할까?

'그럼 그렇지.'

심사숙고하던 민규의 눈빛이 툭 튀었다. 여덟 판별법을 동원하니 문제가 나왔다. 산삼이 너무 좋았다. 간단히 스테이크의 예를 보아도 고기의 육질에 따라, 양에 따라, 소스의 양과 농도가 변하는 법. 산삼이 저 홀로 우뚝하니 봉령과 지황, 연밀이 따르지 못했다. 결국 세 재료도 최상의 퀄리티를 찾아내는 수밖에 없었다. 봉령의 양을 조금 더 보태고 연밀에 석청 세 방울을 더하니 전체 조화가 되는 것 같았다. 경옥고의 군신좌사는 그렇게 균형을 이루었다.

"알았어."

대답하는 종규의 눈에 비장미가 서렸다. 5일간의 특명이 하달된 것이다. 특명 앞에는 뽕나무 잔가지가 한 트럭분 쌓여 있었다.

뽕나무 잔가지가 바로 화력이었다. 경옥고는 문무화로 중탕해야 한다. 중탕의 불에 있어 센 불을 무화(武火)라 부르고 약한 불을 문화(文火)라고 한다. 그 중간 불은 문무화(文武火)라고 하는데 경옥고의 필수 과정이었다. 이를 무시하고 장작으로 불을 때면 약효를 떨어뜨리고 쓴맛을 돌게 한다. 그런데 가스 불? 민규에게는 어림없는 선택이었다. 불은 물만큼이나 중요한 것이었으니 요리의 과정과 다르지 않았다.

그중에서도 동쪽으로 난 뽕나무 가지를 하나하나 골라놓았다.

"그걸 어떻게 알아?"

종규가 물었다.

"동서남북은 괜히 있니? 아침 햇살을 가장 먼저 받으며 자란 풀이나 나무는 때깔부터 다르지. 냄새와 맛만 봐도 알 수 있거든."

실은 정진도의 공유 덕분이었다. 빈민의 구세주인 그도 경옥고를 만들었다. 기억을 더듬으니 오직 뽕나무, 오직 동쪽 바라기 가지였다. 그렇게 만든 그의 경옥고는 영정조 시대 왕실에까지 이름을 떨쳤다. 고관대작들의 주문이 잇달았음은 물론이었다.

동쪽 바라기 뽕나무 가지.

사소한 것 같지만 진주 같은 비법을 갖게 되는 민규였다.

그 동쪽 뽕나무 잔가지를 종규에게 내밀었다. 큼큼, 쩝쩝 차이점 분석을 시도해 보지만 종규가 알기는 어려웠다. 그사이에도 뽕나무 가지는 동쪽 것과 기타 등등의 것으로 나누어지고 있었다.

또 하나의 금기는 개와 닭 소리였다. 경옥고는 이 녀석들의 잡소리도 금한다. 상서롭지 못한 소리가 들어가면 역시 약효가 변한다. 쇠붙이가 닿는 것 또한 금기였다.

뒷마당에 구리 솥을 건 다음 거기로 통하는 길은 모두 막았다. 아침이 오자 거사가 시작되었다. 산을 넘어온 첫 햇살을 약재에 쏘이고 대장정의 길을 시작한 것. 재회와 황 할머니에게도 당부를 주었고 차 약선방 아래에 사는 할머니에게는 약선죽을 안기고 협조를 부탁했다. 그 집 개는 그길로 5박짜리 개 호텔에 체크인을 했다. 할머니에게 약간의 사례를 더했음은 물론이었다.

중탕의 물은 상지수를 넣었다. 약재들이 물을 아는 건지 문득 생기가 돌았다. 3일이 흘러갔다. 뽕나무 잔가지는 쉴 새 없이 문무화를 제공했다. 하루 동안 꺼내 우물에 담그는 과정은 정화수가 맡았다. 밀랍을 정성껏 먹인 한지로 옹기 입구를 단단히 막았다. 여기서 화독과 쓴맛이 빠진다. 정화수라면 두 말할 나위도 없었다.

마침내 5일이 되는 날, 정화수로 손을 씻은 민규가 옹기 뚜 껑을 열었다.

'아!'

민규의 눈은 경옥고에 꽂혀 움직이지 못했다. 산삼의 양이 적었기에 전체 양은 많지 않았다. 하지만 그 신성하고 부드러 운 향기. 냄새만으로도 몸이 정화가 되는 느낌이었다.

"잘됐어?"

종규가 조심스레 물었다.

"수고했다."

민규가 웃었다.

"그럼 내 임무는 완료?"

"그래."

"으아, 그럼 이제 부정 타는 걱정 안 해도 되는 거지?"

"그럼."

"아휴, 5일이어서 다행이지, 50일이면 내가 먼저 죽었을 거 야. 화장실 가서 고추도 못 만져, 야한 생각도 안 돼……."

"야한 생각?"

"부정 타는 행동은 하지 말라며? 그런데 그러니까 야한 생 각이 자꾸 더 나는 거 있지. 확 고추를 잘라 버릴까, 머리를 비워 버릴까도 생각했다니까."

"이제 보니 경옥고가 달이는 사람의 정기를 다 흡수해서 약효가 좋은 거구나. 내 동생, 팍 늙어서 어쩌냐?"

"아, 씨… 몰라. 다시는 경옥고 시키지 마."

종규의 애정 어린 투정이 뒷마당을 울렸다.

경옥고.

딱 아홉 환이 나왔다. 두 할머니에게 하나씩 선을 보였다. 황 할머니와 위쪽 개집 할머니였다.

"아이고, 이게 무슨 약이야? 몸에서 힘이 막 불끈거리네?"

"나는 몸이 가벼워졌어. 요즘 걸을 때 다리가 천근만근이었는데…….."

할머니들의 반응은 좋았다. 민규는 체질창과 혼탁으로 확인했다. 전체적으로 흐릿하게 맺혀 있던 혼탁이 걷히고 있었다. 특히 오장이 그랬다. 진액 보충, 정신 안정, 활기 충전… 빠진 이가 나고 흰머리가 검어지지는 않았지만 그건 시간이 걸릴 수도 있는 일.

민규표 경옥고는 그렇게 완성이 되었으니 황창동의 말을 빌려 '초빛고'라고 불렀다.

*   *   *

블라디보스토크.

거긴 이미 겨울이었다. 공항에서 내리자 칼바람이 느껴졌다. 월요일, 이른 아침에 출발한 비행기였다. 일정상 하루 만에 다녀올 수는 없다는 결론이 나와 화요일에 돌아가는 예정을 잡았다. 한국과의 시차는 한 시간이었다. 먼 나라 러시아라는 이미지와는 다른 시차였다.

마중 나온 에바의 차는 한 시간도 넘게 달렸다. 아담한 게이트에 들어섰다. 그 후에도 10여 분을 달렸다. 마침내 차가 멈춘 곳은 수영장이 좌우로 배치된 정원이었다. 잔디가 누렇게 변해가지만 풍광은 장난이 아니었다.

저택!

100년도 넘었을 법한 저택은 영화의 한 장면 같았다. 한쪽으로 보이는 주차장에는 현란한 고급 차들이 일곱 대나 도열해 있고, 그 뒤쪽 헬기장에는 소형 헬기도 보였다. 차는 요일별로 바꿔 타는 걸까? 그렇다면 소형 헬기는 드라이브용?

하긴 러시아 가스 재벌쯤 되면 이 정도는 살아야겠지.

민규가 혼자 웃었다.

"들어가시죠. 짐은 직원들이 방으로 옮겨 드릴 겁니다."

에바가 앞장을 섰다. 타이트한 옷차림의 그녀는 살짝 고조되어 있었다. 중국의 셰프와 일본의 셰프는 이미 도착. 그러니까 민규가 마지막 주자인 셈이었다.

지잉!

고풍스러운 외관과는 달리 안쪽의 문들은 자동이었다. 문이 열리자 넓은 홀이 보였다. 거기 앉아 있는 세 사람도 보였다.

"부시코프, 코리아의 이민규 셰프십니다."

에바의 언어는 여전히 영어였다. 부시코프가 일어섰다. 50 후반으로 보이는 은발. 세계적인 솜씨의 셰프로, 회장의 전속 요리사였다.

"반갑습니다."

그가 민규를 맞았다. 악수하는 팔 뒤로 두 사람이 보였다. 덩치가 산만 한 남자. 보지 않아도 중국 셰프. 그 옆에 앉아 메모를 체크하고 있는 사람은 군살이 없는 몸매. 머리가 짧아서 몰랐지만 가까이에서 보니 여자였다.

중국은 남자 셰프, 일본은 여자 셰프.

중국은 태산 면적의 체구, 일본은 호리호리 빼빼한 대나무 체형.

"코리아에서 온 이민규 셰프십니다."

분위기를 보는 사이에 부시코프가 소개를 했다. 중국 남자와 일본 여자가 일어났다.

"차이나 항저우에서 오신 황지룽 셰프. 통기, 활기, 생기의 3기를 요리하는 기 요리사시고 이쪽은 재팬 성분요리의 일인자 치아키 님이십니다."

기를 요리하는 셰프와 성분요리의 셰프……

둘의 시선이 민규를 겨누었다. 그러나 그들의 안중에 민규는 들어 있지 않았다. 외면과 무관심. 한 수 아래로 보는 태도

들이었다.

좋아.

초면부터 전격적인 도발, 민규 마음에 쏙 들었다.

"제 이름은 부시코프, 갈라예프 회장님을 12년째 모시고 있
는 셰프입니다."

은발의 부시코프가 자기소개를 했다. 12년 차 전속 요리사.
그런 인연도 흔한 건 아니었다.

"우선 회장님을 위해 러시아까지 날아와 주신 점 감사드립
니다. 여러분을 뵙기 위해 회장님도 지금 모스크바에서 날아
오고 계십니다."

"……."

세 셰프는 부시코프의 설명에 귀를 기울였다.

"우리 회장님은 굉장히 바쁘십니다. 그러나 여러분의 실력
을 믿기에 모스크바가 아닌 블라디보스토크로 모셔 여러분
을 배려했으니 그 점을 알아주셨으면 합니다."

"……."

"일단 스케줄을 말씀드리자면……. 도착하시는 대로 인사
를 나누고 간단한 간식요리를 맛보길 원하십니다. 본격적인
요리는 저녁 시간에 맞춰서 준비하시면 됩니다. 요리는 셰프
별로 두 시간 단위로 들어갈 예정이니 첫 번째 분이 6시, 두
번째 분이 8시, 마지막 세 번째 분이 10시가 되겠습니다."

"……."

"주의할 것은 체크가 끝난 식재료 외에 임의 재료를 쓰시면 안 된다는 겁니다. 지금이라도 필요한 재료가 있으면 말씀하시기 바랍니다. 뭐든지 구해 드릴 수 있습니다."

"뭐든지라면……."

민규가 손을 들었다.

"말씀하세요, 이 셰프."

"해구신도 가능합니까?"

해구신…….

쓸 생각은 없었다. 그러나 부시코프의 말이 단정적이기에 물어본 민규였다. 그런데 그의 답은…….

"가능합니다."

너무나 쉽게 나왔다.

"백마의 음경은요?"

"그것도 가능하죠. 둘 다 구해 드릴까요?"

"아닙니다. 해구신이면 됩니다."

민규가 답했다. 정력에 만병통치처럼 불리는 해구신. 그 효력에 대한 호기심이 땡겼다. 그런데…….

"몇 개나 필요한가요?"

부시코프의 배포가 다시 한번 민규를 흔들었다. 하나도 구하기 어려울 판에 몇 개라니?

"열 개도 됩니까?"

"가능합니다."

"그렇군요. 하나면 됩니다."

"접수하죠."

"……."

"마지막으로 아침은 저녁 식사가 끝난 후에 회장님이 따로 말씀을 하실 것이니 준비만 하시고 기다리면 됩니다. 선택을 받은 한 사람이 브랙퍼스트를 맡게 되거나 혹은 제가 하게 될 수도 있습니다. 물론 제가 하는 경우는 나오지 않았으면 합니다만……."

"……."

"회장님은 앞으로 1시간 30분쯤 후면 도착합니다. 두 셰프께서는 어제 오셨으니 이미 재료 정리에 더불어 주방 체크까지 끝내셨고, 이 셰프만 재료 정리와 함께 주방을 돌아보시기 바랍니다."

부시코프가 돌아보자 50대의 여직원이 다가와 민규에게 인사를 했다.

"따라가시지요."

부시코프가 민규에게 말했다. 인사를 남기고 민규가 자리를 떴다.

"짐 정리와 주방 견학, 뭐부터 하시겠습니까?"

여직원의 언어도 영어였다.

"짐부터 정리하겠습니다."

민규가 답했다. 서두르고 싶지 않았다.

딸깍!

민규에게 할당된 방이 열렸다. 줄지어 딸린 방 중에서 세 번째였다. 안쪽 두 방은 아마도 황지룡과 치아키가 차지한 것으로 보였다.

테이블에 민규 짐이 있었다. 식재료 가방은 열려 있었다. 안전성 확인을 위해 저들이 가져갔던 것. 그새 체크를 끝낸 모양이었다.

"준비가 끝나면 부르십시오. 저는 주방 관리를 담당하는 릴리야입니다."

딸깍!

민규 뒤에서 문이 닫혔다. 방은 영화 속의 궁전 같았다. 침대 역시 러시아 황실풍의 디자인이었다. 그 옆으로 갈라예프 회장의 초상이 걸려 있었다. 에바가 보여준 그 얼굴이었다.

"⋯⋯!"

문득 좋지 않은 예감이 들었다.

초상화로 쓴 사진.

그렇다면 민규가 본 사진은 최근 것이 아닐 수도 있었다. 그렇다면 체질창으로 읽은 오장의 혼탁이 변했을 수도 있었다.

하긴⋯⋯.

누워서 떡 먹는 일에 100만 불을 걸까? 신경 끄고 짐 정리를 마쳤다. 어차피 현장에 왔다. 이제는 모든 일을 여기서 해결해야 했다.

식재료를 정리했다. 대체 뭘 확인한 걸까? 어떻게 보면 건드
린 표시조차 나지 않았다. 음양곽과 산수유, 구기자와 오미자,
쑥 열매와 부추씨 등을 꺼냈다. 나머지는 산야초와 그 씨앗
들, 채소로 만든 몇 가지 소스 재료들… 특별하다고 할 수 있
는 건 경옥고뿐이었다. 나머지는 이쪽에서 모두 구비하겠다고
한 까닭이었다.

"릴리야!"

문을 바라보자 바로 여자가 들어왔다.

"모시겠습니다."

시름이 깊은 여자지만 반응 속도만은 전광석화였다.

"여기가 셰프님의 요리대입니다. 부시코프 님이 기본 세팅
을 하셨고 필요한 조리 기구나 도구는 저쪽에 있습니다. 식재
료 또한……."

릴리야가 도착한 곳은 어깨높이의 칸으로 독립된 주방이었
다. 나란히 세 개가 붙은 것으로 보아 중국 셰프와 일본 셰프
도 옆에서 요리할 것 같았다. 특이한 건 세 개의 화면이었다.
아직은 아무것도 나오지 않았다.

"하나는 회장님의 테이블 화면이고 나머지 둘은 다른 셰프
들 쪽 화면입니다. 회장님과 셰프들은 서로 방해받지 않지만
서로의 요리를 볼 수 있습니다."

"그렇군요."

민규가 고개를 끄덕였다. 오후의 가벼운 요리를 제외하면 서로 다른 시간을 맡은 상황. 그럼에도 주방을 따로따로 차린 걸 보니 배포를 알 것 같았다.

평소의 동선에 따라 주방 기구를 재배치하고 필요한 접시와 그릇들을 맞춰놓았다. 주방의 불도 하나하나 켜보며 화력을 점검하고 수도 역시 물맛을 확인했다. 물맛 하나로 모든 것을 버릴 수 있는 게 요리기 때문이었다.

다음은 식재료 확인이었다. 궁금했다. 해구신부터 백마의 음경까지 주저 없이 오케이를 놓은 사람. 이 사람의 식재료 창고에는 대체 어떤 것들이 들어 있을까?

지잉!

주방의 창고들은 자동으로 열리고 닫혔다.

"……!"

식재료 칸 또한 압권이었다. 러시아, 서양, 동양, 희귀 식재료로 구분된 식품 칸들은 흡사 도서관의 십진분류를 방불케 했다. 그 종류 또한 압도적이었다. 새우도 한두 종류가 아니었고 게 역시 털게를 위시해 투구게, 킹크랩 등 없는 게 없었다. 진시황이 불로초를 찾으려면 돈을 싸 들고 여기로 오면 될 것 같았다.

향신료도 그랬다. 한국의 고추장과 된장에서 저 아프리카 토속 부족의 소스까지 망라하고 있었다.

"……!"

주류창고는 다를까? 한국 칸이 따로 있었고 그 안에는 동동주와 빨간 딱지 소주도 있었다. 고개를 드니 희귀 위스키와 코냑, 와인, 샴페인 등도 보였다. 병당 수천만 원 하는 초고가의 것들도 거기서는 그리 반짝이지 않았다.

"저런 것도 사용해도 됩니까?"

민규가 릴리야에게 물었다.

"무엇이든 가능합니다."

그녀의 대답은 한마디였다.

요리 환경은 미치도록 부러웠다. 하지만 탐나지는 않았다. 저 모든 것을 주어도 바꾸지 않을 보물. 민규에게는 그게 있었다. 세 전생의 자부심과 빛나는 삶의 무늬들…….

좋군.

인정할 건 인정하고 식재료 창고를 나왔다.

"더 보실 게 있으신가요?"

"아니, 된 것 같습니다."

"그럼 셰프들이 있는 곳으로 나오라는군요."

릴리야가 대기실 쪽을 가리켰다.

"이거……."

민규가 요수 한 잔을 내밀었다.

"물?"

"마시면 기분이 좋아질 겁니다."

"……?"

"드세요."

물컵을 안겨주었다. 릴리야는 잠시 물을 바라보더니 그대로 마셔 버렸다. 물은 그녀의 위장을 타고 몸으로 번져 나갔다. 비위를 보하는 물이다. 민규가 보니 건강에는 큰 이상이 없었다. 그러나 시름이 깊어 보이기에 비장을 달래준 것이다. 비장은 생각을 좋아하니 생각이 깊으면 시름이 된다.

"다 돌아보셨나요?"

홀에 들어서자 부시코프가 민규를 맞았다. 안의 풍경은 아까와 다를 바 없었다.

"예."

"불편한 게 있다면 바로 시정해 드리겠습니다."

"아닙니다. 훌륭한 주방에 훌륭한 식재료들이더군요."

"만족하신다니 다행입니다."

"……."

"그럼 이제 곧 회장님이 오실 테니 순번을 정하셔야 할 텐데요."

부시코프의 시선에 세 셰프를 아울렀다. 순간, 중국 셰프와 일본 셰프가 거의 동시에 손을 들었다.

"말씀하시죠, 레이디 퍼스트."

부시코프의 선택은 치아키였다.

"첫 요리는 제가 맡았으면 하네요."

"그건 양보하기 어려운데요?"

황지룽이 바로 딴죽을 걸었다.

"이 셰프는 어떻습니까?"

부시코프가 민규를 바라보았다.

"저도 처음이 좋긴 합니다만… 먼저 오신 두 분이 원하니 마지막을 맡겠습니다."

민규가 속내를 밝혔다. 성공을 가정한다면 처음이 좋았다. 무엇이든 첫 경험이 오래가는 까닭이었다. 그러나 처음이 아니라면 차라리 마지막이 나았다. 두 번의 실패… 그때쯤 되면 회장에게 남은 카드는 한 장이다. 마지막 기회가 되는 것이니 간절할 수밖에 없었다.

"그럼 이 셰프는 마지막 순번을 맡으십시오. 하지만 두 분은……."

부시코프가 돌아보자 릴리야가 다트 핀을 두 셰프에게 나눠주었다. 그녀의 손이 전면의 대들보를 가리켰다. 그러자 대들보가 회전하더니 다트판이 나왔다.

"이렇게 하는 게 좋겠죠?"

부시코프가 다트판을 돌렸다. 회전 다트판이었다.

결국 두 셰프가 다트 겨루기에 들어갔다. 황지룽은 괴력으로 다트 핀을 날렸다. 치아키는 그 반대였다. 다트판의 숫자라도 읽는 것인지 한참을 바라보다 핀을 던졌다. 돌아가던 다트판이 멈췄다. 황지룽의 승이었다.

어찌나 힘을 줬는지 핀은 잘 빠지지 않았다. 릴리야가 애를 쓰는 사이에 헬기 소리가 들렸다.

"회장님께서 오시는 모양입니다."

부시코프가 창밖을 보았다. 진주알만큼이나 번쩍거리는 최신형 헬기가 가까워지고 있었다.

"잠시만 기다려 주시기 바랍니다."

부시코프가 밖으로 나갔다. 여기저기에서 직원들이 모습을 드러냈다. 그들의 영접은 마치 영주나 제왕의 귀환을 맞이하듯 정중해 보였다.

헬기에서 갈라예프가 내렸다. 그 뒤로 다른 사람들도 내렸다. 조각 같은 몸매에 황금 볼륨감, 나이조차 젊디젊은 금발의 미녀였다.

'딸인가?'

창을 사이에 두고 보는 민규의 느낌. 그게 착각이라는 걸 아는 데는 오랜 시간이 걸리지 않았다. 그녀는 갈라예프의 '테스트 파트너'였다.

"회장님 오십니다."

홀 문이 열리자 릴리야가 고개를 숙였다. 에바와 부시코프를 앞세운 갈라예프 회장이 들어섰다.

"오오, 나의 셰프님들!"

갈라예프가 호방하게 들어섰다.

쿵쿵!

발소리가 홀 안을 흔들었다.

'이런…….'

민규의 각막도 출렁 흔들렸다. 러시아의 우랄산맥처럼 거침없이 다가서는 갈라예프. 그는 과연 사진 속의 형체가 아니었다. 그러니까 사진 속의 갈라예프는 차라리 양호한 편. 지금 민규 눈앞에 선 갈라예프는…….

'사상누각.'

그 단어가 적합했다. 그의 오장은 사진 속보다 서너 배는 더 나쁜 상태였던 것. 간장과 신장의 기는 있는 듯 없는 듯 바닥에서 헤매고 있는 데다가 간장 속의 사기(邪氣)는 덩어리를 형성하고 있었다.

그렇다면 폐장?

폐로써 신장을 돕고, 동시에 간장을 상극해 자극을 주면?

'헉!'

그 또한 쉽지 않았으니 폐장 역시 골골거리기는 마찬가지였다.

그도 아니면 심장.

폐장을 상극하고 비장을 도와 폐의 기를 살리면?

민규의 고개가 살짝 돌아갔다. 심장은 찜통이었다. 사나운 열이 그득했다. 심장에 열이 심하면 성욕을 억제할 수 없는 법. 그의 열은 용광로급이었으니 러시아판 변강쇠가 될 운명이었다. 그래서 사상누각이었다. 갈라예프 회장, 겉보기에는 호인에 풍후한 몸매를 자랑하지만 속은 빈 쭉정이나 다름이 없었다. 끌끌, 이런 주제에 정력 타령?

"내가 버킹엄궁전의 만찬 이후에 이렇게 기대되는 건 처음이라오."

갈라예프의 인사가 시작되었다. 덩치로 치면 황지룽에 버금가는 거구. 다짜고짜 셰프들을 껴안았다. 날씬한 치아키는 그의 품 안에 묻혀 보이지도 않았다.

"이민규입니다."

민규 차례가 되자 손을 내밀었다. 악수 요청. 두 팔을 벌리고 돌진하던 갈라예프가 발길을 세웠다.

"코리아?"

"그렇습니다."

"그 당돌한 셰프?"

갈라예프가 에바를 돌아보았다. 갈라예프의 영어는 민규보다 훨씬 좋았다.

"예, 회장님."

"당신, 그 배팅 실력만큼 좋은 요리를 만들어주시오."

갈라예프가 민규 손을 잡았다.

"그럼 요리를 준비하시면 되겠습니다."

부시코프가 분위기를 정리했다.

주방 분위기가 뜨거워지기 시작했다. 황지룽 때문이었다. 눈치를 보니 그는 아예 시범요리에서 승부를 볼 기세였다.

"그게 좋지 않겠어?"

대놓고 선언까지 했다.

"나쁘지 않겠네요."

치아키도 동의를 했다. 둘 다 영어가 가능했다. 하긴 목적은 어차피 정력요리, 성공만 하면 보수가 보장되는 일. 그러니 굳이 비밀스레 임할 필요도 없었다.

"어이, 한국 셰프 생각은 어때?"

황지룽이 민규를 바라보았다.

"두 분 생각대로 하십시오. 저는 천천히 임하겠습니다."

"왜? 우리가 하는 거 보고 힌트라도 얻으시게?"

"그럴 리가요."

"뭐 알아서 하시게나. 그쪽이 성공한다고 내 성공이 폄하될 것도 아니고, 게다가 난 당신들과 다른 배팅을 하고 온 몸이시거든."

황지룽 목에 힘이 들어갔다.

"미안하지만 나도 다른 배팅이거든요."

치아키도 지지 않았다.

"그럼 당신도 두 배?"

"당신도 두 배로군요?"

황지룽의 시선이 민규를 겨누었다.

"저는 저들이 주는 대로 받기로 했습니다."

다섯 배에 대해서는 말하지 않았다. 그건 고객에 대한 기본이었다.

"하긴 자네 같은 입장에서는 100만 불만 해도 어마어마한 거금이겠지. 하지만 나는 이미 베이징 억만장자에게서 천만 위안을 받고 회춘시켜 준 경험이 있어서 말이야."

천만 위안.

구라가 아니라면 엄청난 거액이었다. 대략으로 쳐도 무려 16억의 거금이 아닌가?

"그럼 시작해 볼까?"

요리복을 갖춰 입은 황지룽, 비장의 식재료를 꺼내놓았다.

사라락!

그의 식재료들이 모습을 드러냈다. 어떻게 보면 흑임자, 즉 검은 깨알처럼 보였다. 하지만 그건 깨보다 작았다.

'야생초씨앗?'

민규도 난생처음 보는 식재료. 그러나 거기서 난 건 풀 냄새가 아니라 동물의 살냄새였다.

'동물?'

민규가 고개를 들었다. 그걸 본 황지룽이 피식 냉소를 머금었다.

"궁금한가?"

황지룽이 물었다.

"특이한 식재료 같군요."

"맞아. 아주 특별하지. 이게 바로 암컷 모기의 눈알이라네. 박쥐 중에서도 천 년을 사는 아주 특별한 흰 박쥐, 천서(天鼠)가 먹고 배설한 것 중에서 가려 모은 모기 눈알 100만 개."

'모기 눈알?'

"이건 알겠나?"

그가 또 다른 식재를 꺼내 보였다. 이번에는 메추리알처럼 보였다. 그러나 그 또한 메추리알보다는 작았다.

"작란(雀卵)?"

그제야 참새알을 알아보는 민규.

"호오, 아는군? 그럼 이 작란의 효능도 알겠군?"

"음경을 뜨겁게 하고 정액량을 늘리지요."

"맞아. 치아키 셰프가 여자이니 그 앞에서 할 말은 아니지만 남자란 말이지, 발사도 중요하지만 발사의 클래스도 중요하거든. 애써 발사를 했는데 찔끔 지리다 만다고 생각해 봐? 적어도 그 양이 이 작란 한두 개 볼륨은 되어야지."

"……."

"이 작란은 참새가 이른 봄에 처음으로 낳은 첫 알들이라네. 그건 알려나? 맨 처음 낳은 알이라야 확실한 효과가 있다는 거."

참새알 몇 개를 들어 보인 황지롱. 보란 듯이 입에 털어 넣고 생으로 씹어버렸다.

아작와작!

천 년을 사는 흰 박쥐가 먹고 배설한 암컷 모기의 눈알과 이른 봄에 처음으로 낳은 참새의 작란. 둘 다 전설적인 식재료들. 황지룡의 참새알 씹는 소리에는 그의 자신감이 고스란히 들어 있었다.

그렇다면…….

일본의 치아키는?

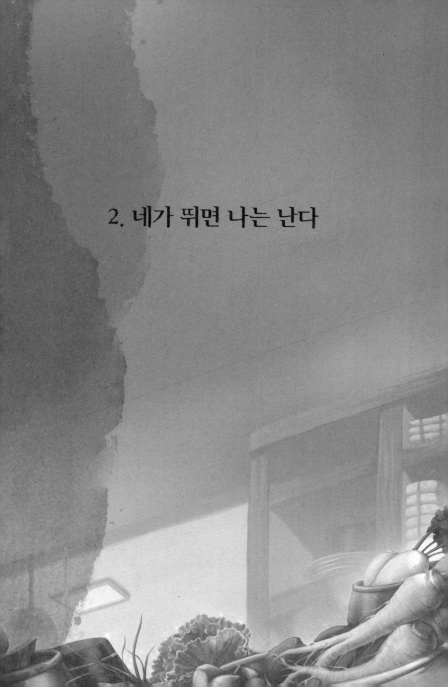

2. 네가 뛰면 나는 난다

　치아키…….

　그녀 역시 비장의 요리를 준비하고 있었다. 말 많은 황지룽에 비해 차가워 보이기까지 했다. 그녀의 요리 재료는 장어, 새우, 게, 낙지, 해삼, 전복, 마, 그리고… 가지였다. 우엉과 표고버섯, 강낭콩대와 말린 나물들도 보였다. 재료는 모두 일본산이었다.

　재료들은 대략 일본의 대표적인 정력식 재료들. 그 재료들은 정확한 계량으로 g 단위의 비율을 맞추고 있었다. 분자요리 전문가라더니 식재료의 분자 무게까지 계산하는 모양이었다.

그런데 가지, 가지도 보양 식품일까?

그렇다. 가지 역시 손꼽히는 보양 식품의 하나였다. 가지는 피를 맑게 하고 붓기를 빼는 효과까지 있었다. 그녀가 문득 민규를 돌아보았다.

네 자리로 꺼져.

눈빛에 담긴 언어였다.

민규가 자신의 요리대로 돌아왔다. 화면에는 불이 들어와 있었다. 회장의 테이블이 보이고 황지룽과 치아키의 요리 모습이 보였다.

실황중계…….

거기에는 여러 가지 의도가 있었다. 명목상은 음식물의 안전성을 확보와 동시 완성을 돕기 위한 것이라지만 실상은 레시피 확보와 경쟁 유도에 있었다. 카메라를 작동시킴으로써 셰프들의 레시피를 파악할 수 있는 것이다.

갈라예프는 기대감에 차 있었다. 하지만 기대감에도 불구하고 그의 생기는 허덕거렸다. 회장의 시중을 드는 여자 '리타'의 생동감과는 너무 대조적이었다. 갈라예프의 목적대로라면 여자는 제대로 골랐다. 그녀의 여성은 언제든 남자를 받아들일 준비가 된 상태였다.

사사삿!

치아키의 손은 기계처럼 정교하게 움직였다. 이미 준비한 육수에 오늘의 재료들을 쓸어 넣었다. 그냥 넣은 게 아니었다. 대망으로 불리는 기름막으로 돌돌 말아 넣은 것. 우엉과 표고, 강낭콩대와 말린 나물들도 함께 들어갔다.

'폭발적인 감칠맛……'

민규는 그녀의 의도를 읽었다. 한번 맛보면 홀홀 마시지 않고는 배겨날 수 없는 육수를 만드는 것.

거기서 그녀의 진짜 무기가 나왔다. 그녀가 미리 준비한 질그릇의 뚜껑을 열었다. 안에 든 건 점성이 강한 액체였다. 척 봐도 식재료의 진액이었다. 정력에 좋은 핵심 성분만 추출?

비기는 끝이 아니었다. 또 다른 액체가 들어 있는 병이 나왔다. 뚜껑을 열자 새우 냄새가 등천을 했다.

'매운맛에 숙성시킨 새우기름?'

민규의 미간이 확 좁혀졌다.

새우기름.

거기에는 해구신 못지않은 전설이 있었다. 한국의 역사에서 후궁 하면 의자왕이 뽑힌다. 중국 쪽 국대급 황제는 한무제가 버티고 있다. 그 역시 중국 역사에서 손꼽히는 호색한이었다. 셀 수도 없는 여자와 합궁을 한 한무제의 비결은 새우였다. 일설에 의하면 그는 중국 전설 속의 선녀로 나오는 서왕모에게서 새우기름으로 만든 묘약을 하사받은 것으로 전한다. 덕분에 화수분처럼 정력을 과시한 한무제였다.

그 새우기름을 분자요리 기법으로 짜내 동원하는 치아키. 거기에 매운맛을 입힌 건 회장에 대한 사전 정보로 보였다.

그녀 역시 단칼에 승부를 볼 태세였다.

그 승부의 스킬은 장엄했다. 또다시 보태진 그녀의 식재료들. 이번에는 김가 다시마에서 뽑아낸 알긴산을 더해 진주알 모양으로 빚어냈다. 입에 넣으면 담백미의 정수, 감칠맛으로 터질 맛의 보석이 된 것이다.

매운맛…….

회장의 종근을 해친 원인 중 하나. 그 맛이 더해지지만 참견할 수 없었다.

그런데…….

거기서 또 다른 문제가 일어났다.

'저거…….'

긴장의 마른침이 넘어갔다. 치아키의 진액, 그리고 새우기름. 그 안에서 아른거리는 초미세성분들 때문이었다.

"저기요, 치아키."

요리대를 나온 민규가 치아키를 불렀다. 그녀가 돌아보았다.

"당신의 요리 말입니다."

"It is not your business!"

치아키가 한마디로 답했다. 나 지금 몰입 중이거든. 그 말이었다. 별수 없이 돌아섰다. 그사이에 황지룽의 모기 눈알 요리가 시작되고 있었다.

모기 눈알 요리.

기억을 더듬으니 제1생 이윤도 그 요리를 만들었다. 황제의 정력을 위해서였다. 당시 황제는 악몽을 자주 꾸었다. 그 일로 신장이 상했다. 공포는 신장을 상하게 하기 때문이었다. 금생수(金生水)의 원리로 신장을 살렸지만 정력은 쉽게 회복되지 않았다.

병사들을 데리고 산으로 가서 박쥐가 서식하는 동굴을 찾았다. 모기 눈알은 박쥐에게서 나온다. 모기가 박쥐의 '주식'이기 때문이었다. 그러나 모기 눈알은 박쥐의 위에서 소화되지 않는다. 응아로 나온다. 병사들은 박쥐의 응아를 긁어모은다.

사향고양이 배설물에서 찾은 루왁 커피나 코끼리 똥 커피의 기원일지도 모른다. 커피 열매는 소화가 되지 않아 응아로 나온다. 그사이에 침과 위액에 섞인다. 고양이나 코끼리의 소화기를 통과하는 동안 발효가 일어난다. 그리하여 고유하고 독특한 맛을 갖게 되는 것.

이렇게 구한 박쥐 똥은 정화수에 담갔다. 시간이 지나면 박쥐 배설물이 물에 녹으면서 응아의 찌꺼기와 모기 눈알이 분리된다. 모기 눈알의 크기는 직경 1㎜ 내외. 그걸 골라내 요리를 한다. 중국 역사상 이 요리를 가장 즐긴 사람은 서태후였다. 그녀는 매년 여름 베이징의 이화원에서 이 요리를 즐겼다.

현대에도 모기 눈알을 즐기는 사람이 있어 요리로 나온다. 덕분에 양식 모기 눈알도 등장했다. 자연산 채취가 쉽지 않기 때문이었다.

돈을 위해서라면 안 하는 게 없는 중국인들. 돈 되는 모기 눈알을 양식하지 않을 리가 없었다.

기가 충만한 모기 눈알에 더해진 건 작란과 최상급의 제비집이었다. 요리 형식은 수프. 매콤한 뒷맛은 역시 첨가. 그도 회장의 식성을 찾아본 모양이었다.

―모기 눈알 작란 제비집수프.

황지룽의 승부수였다.

정력식재료로는 전설로 불리는 조건에 제비집 수프의 럭셔리함까지 갖춘 요리. 러시아 가스 재벌의 간식으로 손색이 없었다.

한편으로 민규는 조금 아쉬웠다. 주쑨(竹筍), 옌워(燕窩), 하이싼(海蔘), 위츠(魚翅), 간바오(乾鮑), 피단(皮蛋) 등의 전통적인 중국의 명식재료를 푸짐하게 쓰는 요리를 보지 못한 것이다. 주쑨은 죽순이고, 옌워는 제비집, 하이싼은 해삼이고 위츠는 상어 지느러미다. 그나마 제비집이 들어갔으니 허당은 아닌 셈이었다.

화면 속의 갈라예프가 민규를 가리키고 있었다. 두 셰프는 요리에 열심인데 민규는 그저 관망이었다. 그렇잖아도 조바심이 날 회장을 위해 물 요리에 착수했다. 퍼포먼스라도 보면 마음이 놓일 일이었다.

쪼르륵, 쪼르륵!

생수 몇 잔을 따르고 합치기 반복하다가 치아키를 보았다.

'아!'

민규의 시선이 그녀의 도마 위에 멈췄다. 그녀는 이제 새우 껍질과 게 껍데기를 굽고 있었다. 빨갛게 익어 나온 껍질을 분쇄기에 넣고 고운 분말로 갈아냈다. 그걸 체로 걸러 더 고운 분말을 얻은 치아키. 분자요리의 스킬로 만든 구슬을 굴려 키토산을 입혔다. 단장된 구슬은 기름 팬으로 들어갔다. 시간은 3초였다. 바로 건져내니 구슬은 선홍빛 아름다운 꽃과 같았다.

그것만으로도 감칠맛이 폭발할 지경. 하지만 그건 출발에 불과했다. 뚜껑을 닫고 끓이고 있던 육수. 그 또한 채에 걸러 액체를 받았다. 액체의 농도는 걸쭉하기 그지없었다. 한 접시 분량의 꽃 구슬 위에 폭풍 감칠맛의 소스가 부어졌다. 거기에 더해진 건 초고급 코냑 한 방울. 백단이나 오크처럼 중후하면서도 맑은 향의 더하기였다.

그리고… 또 하나의 재료가 나왔다. 이번에는 연두색 찰랑거리는 캐비어…….

'아니, 캐비어가 아니다.'

민규의 시선이 매의 눈처럼 멈췄다. 그건 식물성이었다. 그렇다면 또 다른 분자요리? 그때 책에서 본 신재료가 스쳐 갔다.

핑거라임.

핑거라임이었다.

핑거라임은 은은한 파스텔 톤의 알갱이들이다. 캐비어를 연상케 하지만 실상은 새콤한 라임향이다. 덕분에 라임캐비어로도 불린다. 색깔도 다양해 녹색부터 투명까지 여러 가지다. 생선과 기막힌 콜라보를 이루는 특성이 있었다. 치아키의 분자요리 주성분도 해물들. 거기에 폭발적인 감칠맛을 더했으니 새콤한 라임향이라면 맛의 증폭에 엄청난 시너지를 줄 소재였다. 게다가 분자요리 스킬로 만든 진주알들과 기막힌 비주얼 조화까지 이룰 포스…….

'연구를 많이 했군.'

인정.

그녀의 방향만은 닥치고 인정이었다.

스푼으로 연둣빛 핑거라임을 더한 치아키. 눈처럼 시린 생마 채에 노란 유자 껍질 장식을 더해 올리니 일본 셰프의 섬세함과 정밀함까지 살린 요리의 완성이었다.

새우와 전복, 낙지에서 추출한 진액과 타우린, 마의 뮤신과 디오스게닌, 다포게닌 등의 분자 추출물을 요리로 구현한 명품이었다. 타우린은 강장제이자 홍분제, 디오스게닌과 다포게닌 등은 성호르몬 관련 물질로 성기능 개선에 탁월한 효과가 있었다. 뮤신 또한 성기능 향상에 빠지지 않는 물질이었으니, 정력 물질의 종합판이라고 해도 과언이 아니었다.

―정력진액추출 꽃알 분자수프.

치아키가 요리 완성의 사인을 보냈다. 정력 식재료 중에서도 최상급의 식재료. 그 식재료에서도 알짜만 추출해 만든 분자요리. 과연 일본 대표로 수배되어 올 만했다.

민규도 요리를 끝내고 보조를 맞췄다.

―역류수, 지장수, 생숙탕의 초자연수 세트.

오미자즙을 몇 방울 떨구어 색을 냈다지만 두 셰프와는 비교 불가의 허전함. 더구나 역류수라면 토하는 것을 전제로 하는 구성…….

민규.

두 셰프의 요리를 모두 토하게 해서 난장판을 만들려는 건가?

당연히 그건 아니었다.

식재료와 풍미로써 두 셰프의 요리와 갈라예프의 혼탁을 맞춰본 까닭이었다. 둘 중 한 명은 지금 만든 요리가 마지막. 그 마지막의 부작용을 최소화하기 위한 조치였다. 기왕 온 것 100만 불이든 500만 불이든 챙겨 가야 할 것 아닌가? 민규의 눈은 어둠 속에서 표적을 찾는 100만 개의 모기 눈알보다 더 영롱하게 반짝이기 시작했다.

"이겁니까?"

요리대로 다가온 부시코프가 물었다. 달랑 물 세 컵. 그의 옆에 선 에바의 눈살도 찌푸려졌다. 루이스 번하드의 소개로 픽업해 온 셰프. 다른 누구보다 기대를 걸고 있었다. 그러나 그가 준비한 간식은 달랑 물 세 잔. 잘못 짚었나 싶은 낭패감이 그녀의 이마를 스치고 지나갔다.

"본격적인 요리 전의 가벼운 간식이라고 하지 않았습니까? 그 말에 따랐습니다만."

민규가 답했다. 부시코프는 할 말이 없었다. 질러간 건 중국과 일본 셰프였지, 민규의 잘못이 아니었다. 그러나 아쉬웠다. 요리사는 분위기도 파악해야 한다. 화면을 달아준 것도 그런 의미였다. 두 셰프가 초전박살 기세로 나오는 걸 몰랐을 리 없는 민규. 그렇다면 최소한 분위기라도 맞춰주는 게 좋았다. 그런데 이렇게 고지식하다니…….

쩝!

쓴 입맛이 저절로 다셔졌다. 회장의 인상도 그리 좋지 않음을 확인한 그들이었다.

"에바!"

민규가 에바를 바라보았다.

"예."

"제 간식요리가 마음에 안 든다면 오미자차나 구기자차 등으로 바꿔 드릴 수도 있습니다. 하지만 이 요리의 핵심은 회장님의 안위와 즐거움 아닙니까?"

"그렇기는 합니다만……."

"이 물 요리는 최소한 회장님의 안녕은 지켜줄 겁니다. 안녕하고 나서야 즐거운 밤도 가능하지 않을까요?"

민규의 신념은 강철과도 같았다. 결국 물 세 잔이 카트에 올라갔다.

"……!"

요리를 받아 든 회장 역시 표정이 굳었다. 민규 때문이었다. 초자연수 세트를 경험해 본 적이 없는 갈라예프. 대체 무슨 물인가 싶어 첫 잔을 집어 들었다. 그 손을 민규가 말렸다.

"제 약수는 마지막으로 드시는 게 좋습니다."

"……?"

"죄송합니다."

민규는 고집을 꺾지 않았다.

"커험!"

갈라예프의 헛기침이 나왔다. 불쾌함의 표현이었다. 요리도 아닌 물 한 잔에 격식을 따지다니… 갈라예프는 물에 대한 미련을 끊고 황지룽의 수프를 잡았다. 제비집을 보았던 까닭이었다. 한 스푼 후룩 넘기니 미세한 알갱이가 혀를 자극했다. 그 자극은 위에 들어가서도 멈추지 않았다. 마치 기의 물방울이 톡톡 터지는 것 같았다. 기분도 확 고양되었다. 민규의 물에서 느낀 불쾌함의 실종이었다.

"기가 막히군. 버킹엄에서 여왕과 먹었던 그 만찬 때의 기분이야."

갈라예프의 스푼이 빨라졌다. 동시에 몸에 깃드는 기의 활력도 높아지기 시작했다. 절반 이상 먹었을까? 인체 중심을 데운 기가 하체로 내려가기 시작했다. 모기 눈알 수프를 가득 문 그가 사타구니를 바라보았다.

꿈틀!

반응이 왔다. 기가 제대로 쏠리는 것이다. 말라붙은 혈관에, 힘줄에, 근육에 기미가 느껴졌다. 아니, 절반은 공기가 차는 것 같았다. 하지만 거기까지. 활기의 충전은 더 진행되지 않았다. 남은 수프를 박박 긁어 먹었다. 활기는 다시 움직였지만 아래로 내려가다 말았다.

아쉬웠다.

하지만 바짝 달아올랐다. 과연 큰돈을 걸고 데려온 보람이 있었다. 셰프들의 속내를 알 리 없는 그였기에 본편이 기대되는 것이다.

'쩝!'

입맛은 단지 아쉬움의 표현이었다.

그의 시선이 분자수프로 다가갔다. 정말이지 걸작의 요리 예술이 아닐 수 없었다. 모양만이 아니라 풍미도 그랬다. 풍후한 감칠맛은 입안을 침의 홍수로 만들어 버렸다. 그걸 당기는 사이에 민규의 물잔이 보였다. 갈라예프는 민규의 물잔을 거칠게 밀어냈다.

민규가 조용히 웃었다. 보기 좋은 떡이 먹기도 좋다. 그건 맞는 말이다. 황지룽의 수프도 치아키의 분자요리도 기가 막혔다. 그러나 화려한 꽃에는 가시도 있다. 갈라예프가 그 진리를 체험할 시간이었다.

"오옷!"

진주알 한 스푼을 떠 넣은 갈라예프, 비명 같은 탄식을 흘렸다. 담백함과 감칠맛의 폭풍을 이루는 진주알. 그 맛이 지나쳐 폭력처럼 느껴졌다.

"이토록 난폭한 감칠맛이라니⋯⋯."

갈라예프의 스푼에 스피드가 붙었다. 폭풍 감칠맛 뒤에 따라오는 새콤한 작은 폭탄들. 그건 차라리 중독 촉진제였다. 감칠맛의 잡맛을 없애며 풍미를 더욱 높여주지 않는가?

'이런 요리는 과연?'

사타구니를 바라보는 순간, 거기서도 격한 반응이 올라왔다.

"⋯⋯!"

갈라예프의 머리에 열락의 불이 들어왔다. 아까는 반응만 오고 말았던 거시기. 이번에는 한계까지 불이 들어오고 있었다.

한 스푼.

또 한 스푼⋯⋯.

분자요리가 넘어갈 때마다 풍선처럼, 그의 페니스가 부풀어 올랐다. 이대로라면 오늘 밤, 벼르던 거사를 치러도 될 것 같았다. 노마크의 문전에서 헛발질만 하다가 돌아서는 쪽팔림과 모멸감도 사라질 것 같았다.

"리타!"

갈라예프가 여자를 돌아보았다. 그의 귓전에 흐뭇한 속삭임을 건넸다. 여자가 섹시한 엉덩이를 흔들며 안으로 사라졌다. 갈라예프는 에바와 부시코프에게도 긍정의 사인을 보냈다. 바로 그때…….

"윽!"

기대에 찬 미소가 벼락처럼 끊기더니 갈라예프가 창에 찔린 사슴처럼 웅크렸다.

"회장님!"

두 심복이 달려들었다.

"왜 그러십니까?"

"배, 배가……."

갈라예프의 입에서 거품이 밀려 나왔다. 부시코프가 황지룽과 키아키를 쏘아보았다. 먹은 건 두 사람의 요리뿐. 이 돌연한 비극의 씨앗은 누구 접시에서 왔을까? 그 자리에서 느긋한 건 오직 민규뿐이었다.

"회장님."

"으윽."

외침과 비명의 난무. 기대와 희망으로 가득하던 공간은 이내 긴장과 혼란의 아비규환으로 변해 버렸다.

"알렉세이를 불러요."

에바가 릴리야에게 소리쳤다. 알렉세이는 갈라예프 회장의 주치의. 그는 여기서 10분 거리에 있었다. 하지만 그보다 더 유효한 손길이 있었으니, 바로 민규였다. 민규가 두 셰프를 돌아보았다. 둘은 사색이었다. 회장이 먹은 건 그 둘의 요리. 그들은 최고의 셰프였으나, 고객의 부작용이나 아픈 일에는 문외한과 다르지 않았다.

"잠깐만요."

민규가 다가섰다.

"비켜나세요."

에바가 소리쳤다. 그는 민규에게 신경 쓸 여유가 없었다. 그걸 아는 민규, 바로 핵심을 찔러 버렸다.

"제가 준 물을 먹이면 괜찮아집니다."

"……?"

에바와 부시코프가 고개를 들었다. 이 인간, 정신이 가출 중인가? 지금 이 상황에 물 타령이라니? 그러나 민규의 시선은 여전히 물을 권하고 있었다. 순간, 에바의 뇌리에 루이스 번하드가 스쳐 갔다. 물의 마법사 이민규. 약수 약선요리로 웬만한 병은 다 고쳐 버리는 능력자.

에바의 시선이 세 잔의 물에 닿았다. 물은 마치 유혹이라도 하는 듯 매혹적으로 흔들렸다.

"서두르세요. 아니면 더 오래 고통받게 될 겁니다."

민규가 재촉했다.

에바의 손이 결국 물을 잡았다. 역류수였다.

"에바!"

부시코프의 눈에 우려가 비쳤다.

"괜찮을 거예요."

에바의 손이 회장에게 옮겨 갔다. 회장 입으로 역류수가 들어갔다. 초긴장 상태. 그 순간의 분위기는 그랬다. 소란을 듣고 달려온 리타와 다른 직원들 역시 숨을 죽였다.

꼴깍, 꼴깍!

물은 갈라예프의 목을 타고 내려갔다. 민규의 시선은 회장의 혼탁에 있었다. 위에 돌연 생겨난 사나운 혼탁 덩어리. 그 혼탁들이 물을 만나 몸서리가 일고 있었다.

'토한다.'

그렇게 생각하는 순간…….

"푸어업!"

갈라예프가 벼락처럼 반응을 했다.

"회장님!"

"푸어업, 우업!"

갈라예프는 배를 접은 채 토사물을 밀어냈다. 돈이 아무리 많아도 토사물은 아름답지 않았다.

"우억, 우억!"

구토는 처절했다. 저 아래의 창자까지 쥐어짜 끌어내는 것 같았다.

"셰프!"

에바가 민규를 바라보았다.

"조금 더 토해야 합니다. 그런 다음에 남은 물을 천천히 먹으면 안정이 될 겁니다."

민규가 답하는 순간…….

"우엡!"

엄청난 뒤틀림이 나왔다.

"끄어……."

속이 완전히 뒤집혀 버린 건지 회장은 입을 벌린 채 신음조차 내지 못했다.

"회장님……."

"이제 됐습니다. 두 번째 물을 먹이세요."

민규가 말했다.

"그만두고 알렉세이를 불러요. 이러다가……."

부시코프가 소리쳤다.

"먹이세요. 이제 다 끝났습니다."

민규는 물러서지 않았다. 그 사이에서 곤란한 건 에바뿐이었다. 하지만 에바의 선택은 물이었다. 기왕에 저지른 일이었다.

"에바……."

부시코프, 그녀의 무모함에 치를 떨지만 결과는 그녀의 고집대로 나와 버렸다. 물이 몇 모금 넘어가자 갈라예프의 숨소리가 안정을 찾기 시작했다. 나중에는 그가 물컵을 뺏어 들고 마셔 버렸다.

'오케이.'

민규 얼굴에 쾌재가 번져갔다. 이제는 느긋하게 셰프들의 라인으로 물러났다. 조바심 따위는 낼 필요도 없었다.

"회장님, 괜찮으십니까?"

부시코프가 물었다.

"큼, 크흠……."

회장은 숨을 고르더니 배를 쓰다듬었다. 대미지가 없는 것은 아니지만 괜찮았다. 벼락같던 복통이 내려간 것. 뿐만 아니라 몸까지 시원했다.

"알렉세이를 부를까요?"

부시코프가 물었다. 거기서 민규가 다시 끼어들었다.

"마지막 물을 드시고 결정하셔도 늦지 않습니다."

이번 목소리는 묵직했다. 거역할 수 없는 카리스마가 담겨 있었다.

"물?"

갈라예프의 시선이 마지막 잔으로 옮겨 갔다. 그러고 보니 그의 손에 들린 것도 물컵이었다. 그가 에바를 돌아보았다.

"이 셰프의 물이 회장님의 복통을 가라앉혔습니다."

에바가 말했다.

"물!"

갈라예프가 손을 뻗었다. 에바가 집어 물잔을 회장에게 주었다. 마지막 컵의 물이 회장의 입으로 들어갔다. 생숙탕이다. 음양의 조화를 이루는 음양탕이다. 급격하게 흔들린 회장의 인체에 평형을 찾아줄 초자연수였다.

꿀꺽!

회장이 물을 마셨다. 모든 시선은 컵에 꽂혀 있었다.

"으음……."

물을 마신 회장이 물컵을 바라보았다. 꾸륵, 트림과 함께 내려간 물이 인체를 주유하기 시작했다. 복부를 시작으로 안정감이 느껴졌다. 그의 몸은 언제 그랬냐는 듯 평화를 되찾았다.

"허어!"

물컵을 들여다본 갈라예프. 믿기지 않는 듯 헐렁한 미소를 지었다.

"이 셰프."

회장이 민규를 바라보았다. 주변에 몰려 있던 사람들은 모두 한 걸음 물러났다.

"예, 회장님."

"설명해 줄 수 있겠소? 나한테 무슨 일이 일어난 건지?"

"그 설명은……."

민규의 시선이 두 셰프에게 돌아갔다. 황지룽과 치아키는 긴장으로 얼어붙어 있었다.

'돈도 좋지만 잘못하면 러시아 마피아들에게 총 맞는다.'

회장이 경련하는 동안 둘은 그 말에 사로잡혔다. 실제로 입구로 향하는 길목은 네 명의 경호원이 이미 봉쇄하고 있었다. 그들의 포스를 보니 금세 기관총이라도 난사할 것만 같았던 것.

그 위기를 구한 건 이민규. 그의 시선이 자신들에게 돌아왔다. 회장은 위기를 넘겼지만 두 셰프의 위기는 이제부터였다.

민규의 시선이 황지룽에게 꽂혔다. 황지룽은 사타구니가 얼어붙는 공포를 느꼈다. 애송이로 보았던 민규의 포스에 질릴 줄은 몰랐던 것이다. 그 시선이 천천히 치아키를 훑었다. 그녀의 긴장은 두 눈에 오롯했다. 그녀는 각막이 터질 정도로 떨고 있었다. 그러나 얼굴만은 무표정한 포커페이스였다. 둘을 바라본 민규가 천천히 말을 이어놓았다.

"치아키가 해줄 겁니다."

치아키!

민규의 선택이었다.

"……!"

출렁, 그녀의 각막에 쓰나미가 밀려들었다. 회장의 시선이 그녀를 겨눈 것이다.

"치아키!"

갈라예프가 말했다. 그 목소리는 마치 우랄산맥 전체가 압박해 오는 듯 묵직하기만 했다.

"셰프!"

치아키가 민규를 바라보았다. 그녀는 이유를 알지 못했다. 하지만 민규는 대꾸하지 않았다. 지금 그녀의 설명을 원하는 건 갈라예프지, 민규가 아니었다.

"치아키!"

갈라예프의 목소리가 다시 치아키를 재촉했다. 이제는 위압감까지 깃든 목청이었다.

"제 요리에는 문제가 없었습니다. 식재료는 미리 검수를 했잖습니까? 공개된 재료 외에 더한 건 아무것도 없었다고요."

"……."

"회장님의 복통은 유감이지만 제 요리는 문제가 없습니다. 다시 말하지만 그건 회장님의 중심에 불을 붙일 수 있는 진액과 핵심 성분 덩어리들……."

"……."

"혹 문제라면 급체거나 고농도의 진액으로 인한 부득이한 부작용일 뿐입니다."

"이 셰프."

치아키의 해명이 나오자 회장이 민규를 바라보았다.

"제가 보기엔 식재료 때문입니다."

민규가 한마디로 답했다.

"식재료 때문이라고요?"

치아키가 바로 울컥하고 나섰다.

"예."

"당신, 그 말 책임질 수 있어요? 내가 고른 식재료들은 다 살아 있는 것들로 싱싱하기 그지없었어요. 말이 되는 소리를 하세요."

치아키의 목소리가 높아졌다.

"식재료의 문제가 맞습니다."

"그럼 제시를 해보세요. 대체 뭐가 문제죠? 비브리오균이라도 들어갔다는 건가요? 미안하지만 내 진액과 새우기름은 그런 문제의 방지를 위해 병원성미생물 반응 검사까지 끝낸 것들이거든요."

"비브리오가 아니라 화학물질입니다."

"화학물질?"

"프탈레이트와 브롬화화합물, 그리고 악성 미세플라스틱 분자들… 당신이 진액과 새우기름을 짜낸 식재료들… 싱싱하기는 했지만 미세플라스틱에 중독된 재료들이었습니다. 아마도 연근해에서 잡은 것들이었을 겁니다. 그걸 다량의 진액과 기름으로 끌어내다 보니 고농도가 되었고, 그것들이 부작용을 일으킨 겁니다."

"……!"

"부시코프 님."

민규가 그를 바라보았다.

"예."

"혹시 미세플라스틱 체크가 가능합니까?"

"가까운 계열사 연구소에 분석기가 있기는 합니다만……."

민규가 갈라예프에게 말했다. 회장이 동의하면서 긴급 지시가 떨어졌다. 경호원들이 치아키의 새우기름과 식재료들, 샘플 등을 수거해 폭풍처럼 달려갔다.

오래지 않아 에바에게 전화가 걸려왔다.

"이 세프 말이 맞답니다. 용량이 많았더라면 혼수와 마비까지도 갔을 거라고……."

에바가 갈라예프에게 경과보고를 했다.

"……!"

다리가 풀린 건 치아키였다. 강철의 여인처럼 치밀하던 그녀. 스스로의 과신이 무너지자 평정이 깨져 버린 것.

문제는 과잉 의욕 때문이었다. 진액… 정력 식재료의 유효 성분을 더 많이 추출해야 했다. 그래야만 효과를 기대할 수 있었다. 그 과정에서 미세플라스틱에 대한 고려는 하지 못했다. 유효성분과 기름을 직접 추출하는 방법이기에 마이크로 화된 초미세플라스틱들이 함께 추출될 수 있다는 사실…….

그럴 수밖에 없는 것이 이런 경우는 처음이기 때문이었다. 어류와 패류에서 미세플라스틱이 나오고 브롬화유기화합물로 인한 유해성 경고를 보기는 했지만 하릴없는 연구가들의 과대 주장으로 치부하던 치아키였다. 그동안 몇몇 케이스에서도 문제가 없었다. 그러나 역시, 갈라예프의 경우에는 과량이 문제였다.

"……!"

거기서 치아키는 또 한 번 몸서리를 쳐야 했다. 그로 인한 부작용…….

정자 수 감소와 생식 능력 저하.

그게 무슨 뜻인가? 갈라예프 회장의 바람과 반대로 가는 길. 자칫하면 진짜로 마피아의 총을 맞을 수도 있었다.

맙소사!

치아키의 몸서리는 극한까지 치달아 버렸다.

"제 실수입니다. 용서하십시오."

치아키, 바로 실수를 인정하고 나왔다.

"돌려보내도록."

갈라예프의 조치는 단호했다. 거시기에 불 좀 켜려다가 지옥행 열차에 오를 뻔했다. 그렇기에 고려나 이해 따위는 없었다.

"요리는……."

부시코프가 회장의 의향을 물었다. 불상사가 있었으니 이 요리의 이벤트를 계속 진행할 것인지를 묻고 있는 것이다. 그 답은 민규가 내놓았다.

"몸은 괜찮아지셨을 겁니다."

확신에 찬 한마디. 갈라예프는 잠시 몸 상태를 체크했다. 배, 가슴, 머리… 불상사의 기운은 다 사라지고 없었다.

"계속하지. 아직 이 셰프의 요리는 먹어보지 못했으니."

어떻게 수배한 사람들인가? 갈라예프의 결단은 진행 쪽이
었다.

*　　　*　　　*

　"대단하군."
　주방에서 황지룡이 말했다. 처음과는 달리 우월감이 사라
진 목소리였다.
　"별말씀을……."
　"아까 치아키가 요리 중이었을 때 말하려 했던 게?"
　"그렇습니다."
　"치아키 그 여자… 자기 복을 찬 거로군."
　"어차피 믿지 않았을 겁니다. 어쩌면 내가 자신을 방해하려
고 한다고 생각했겠죠."
　"맞아요."
　대화하는 사이에 치아키의 목소리가 끼어들었다. 언제 왔는
지 그녀가 문 앞에 서 있었다.
　"치아키……."
　"이민규 셰프님?"
　그녀가 가까워졌다.
　"예……."
　"고마웠어요."

치아키, 뜻밖에도 쿨하게 손을 내밀었다.

"치아키……."

"분위기도 그랬고… 제 요리에 대한 자신도 있었고… 그래서 오버했어요. 제 레스토랑에서의 정력요리라면 아까 것의 10분의 1이면 충분하지요. 그렇기 때문에 미세플라스틱과 화학물질에 대한 부작용은 겪어보지도 않았고 신경도 쓰지 않았어요."

"예……."

"덕분에 좋은 공부를 했어요. 제게는 100만 불 이상의 소득이었어요."

"아무튼 유감입니다. 아까 제 말을 들었더라면… 치아키 님의 방법은 거의 성공이었거든요."

"그래요?"

"아마 욕심을 낮춰서 두 번이나 세 번, 혹은 네 번에 나눠 요리를 올렸더라면 완전히……."

"그건 또 어떻게 아시죠?"

"제가 고객의 체질을 읽을 줄 알거든요. 나중에라도 아시게 될지 모르지만 회장님의 거시기는 거의 정상 직전까지 오고 있었습니다."

"그 말은 돌아가는 길의 위로로 삼겠습니다."

"치아키……."

"제 레스토랑 명함이에요. 언제든 한번 들러주세요."

"제 것은 여기……."

민규도 명함을 꺼내주었다. 치아키는 깔끔하게 떠났다. 세밀하고 정밀한 취향답게 군더더기 따위는 남기지 않았다.

"기분이 좀 그렇군."

황지룽이 어깨를 으쓱해 보였다. 부득이한 일이지만 좋을 리 없는 순간이었다. 하지만 그는 대가. 자신이 할 일이 뭔지 잘 알고 있었다. 아울러 첫 요리의 빈 곳도 제대로 알고 있었다.

첫 번째 요리, 모기 눈알 작란 제비집수프.

회심의 요리였지만 성공하지 못했다. 그러나 완전한 실패는 아니었다. 그 코스에서 실패하게 될 경우를 대비해 기약해 둔 비기가 있었다.

다행히 누구도 성공하지 못한 상황. 첫 성공에 대한 가능성은 여전히 황지룽의 몫. 위생복을 입은 두 여직원이 냉장 상자를 가져왔다. 황지룽이 상자를 열었다. 안에 든 건 육류와 내장이었다. 심장과 간, 신장과 힘줄처럼 생긴 부위, 그리고 피… 다음 차례를 위해 주방을 나가던 민규, 후각을 잡아 끄는 독특한 냄새에 문득 돌아보았다. 눈이 마주친 황지룽이 씨익 웃었다. 그가 들고 있는 힘줄이 보였다. 아니, 힘줄이 아니었다.

"……."

출렁, 민규의 오감이 흔들렸다. 힘줄의 위엄. 분명 평범한 식재료는 아니었다. 기억, 기억… 3생의 기억이 쏜살처럼 스쳐 갔다. 그중 하나에서 힌트가 왔다.

으르렁!

산의 제왕 호랑이…….

'호랑이 거시기?'

민규 눈에 격한 파란이 일었다.

호랑이 고기였다.

그 또한 정력요리에서 빠지지 않았다. 호랑이는 보편적인 식재료가 아니다. 그러나 황지룽은 중국에서 호랑이가 1급 중점 보호동물로 지정되기 이전에 많이 다뤄본 경험이 있었다. 그 후로도 밀렵된 호랑이를 심심치 않게 취급했던 황지룽… 용이나 봉황 등의 전설 속 동물이 아니면 뭐든 확보가 가능한 갈라예프였으니 호랑이를 주문했던 것.

호랑이.

그 고기의 효능은 도요토미 히데요시가 전한다. 그는 환갑의 나이에 호랑이를 먹고 정력을 회복해 아들을 낳았다고 한다. 그때의 환갑이라면 지금의 80세 이상과 비교되는 상황.

황지룽.

호랑이 고기의 기는 갈라예프의 혼탁과 어느 정도 맞았다. 잘하면 성공할 것도 같았다. 그는 과연 호랑이의 오장과 거시기로 갈라예프의 그것을 포효하게 만들 것인가? 산천을 뒤흔드는 호랑이의 기상처럼?

정력요리.

약선으로 말하자면 건신증력(健身增力)에 보익약선(補益藥膳)이었다. 몸을 강건하게 하고 힘을 길러주며 강장의 약선으로 일체의 허약함을 몰아내는 요리.

여기서 말하는 정(精)은 정화와 정미, 원초적인 생명 물질의 의미를 갖는다. 정은 선천적으로 가지고 난 것과 음식에서 얻어진 양분이 합해 활성화된다. 장부로는 신장에 저장되며 간과 심장을 거쳐 상화에서 발동하는 것으로 본다. 신장 외 오장육부 등 기타 조직에도 다수 분포하고 있다. 이러한 정은 몇 가지로 분류가 되는데 정력의 정은 생식지정이라 하여 신장에 저장되어 있다.

약선에서 보는 정의 방출은 허리의 명문이다. 성욕이 땡기면 피 속에 분포하던 정이 허리의 명문에서 정액으로 변해 방출된다. 도교에서 말하는 접이불루와는 다른 개념이지만 난사하지 않는 것이 건강에 좋다.

몸속에 정이 얼마나 차 있는지를 확인하려면 밤 11에서 새벽 1시 사이를 주목하면 된다. 정이 충분하면 이때 자연 발기가 일어난다. 정의 배터리 수위가 내려가면 발기 시간도 뒤로 밀려 아침 5시에서 7시 사이에 발기가 된다. 이때까지도 발기가 되지 않으면 정이 바닥난 것이다. 이런 경우 귀두를 만져보면 차갑다. 정의 파산. 돈의 파산만큼이나 수컷을 절망하게 만드는 요인이다.

음식으로 정을 만든 사람은 청나라의 건륭 황제가 유명하다. 그는 만한전석, 상어 지느러미, 제비집, 곰 오른쪽 앞발바닥, 낙타의 혹, 원숭이 골과 입술, 표범의 태아까지 먹지 않은 것이 없었다. 그러면 호랑이 고기도 먹었을지 모른다. 호랑이의 상징도 빼놓지 않았을 것이다. 그 호랑이 고기가 지금, 황지룽의 손에서 요리되고 있었다.

민규는 이제 대기실이었다. 황지룽의 요리 과정은 보이지 않았다. 누가 나가라고 한 것도 아니므로 자신에게 배정된 요리대에서 요리 광경을 지켜볼 수도 있었다. 하지만 그러지 않았다. 그는 그의 레시피를 가지고 있다. 레시피는 중요하지만 어떻게 보면 참고 이상의 가치는 없었다. 고대에 사라진 요리가 아니라면, 좋은 요리사들은 보는 것만으로도 그 요리를 어느 정도 구현할 수 있었다.

호랑이.

쓴웃음이 스쳐 갔다. 황지룽이 들고 있는 건 호랑이의 페니스였다. 아주 길었다. 어떻게 보면 힘줄 덩어리처럼도 보였다. 그가 확보한 호랑이의 오장육부들. 아마도 각 부위의 기를 모아 화합의 요리를 만들어낼 계획으로 보였다. 오장의 기가 페니스에 모여, 그 기운이 폭발하도록.

'호랑이 피는……'

주스나 술에 섞겠지. 중국의 황제들은 녹혈과 녹현도 즐겨

먹었다. 녹혈은 사슴 피였고 녹현은 사슴의 거시기였다. 하지만 모든 황제나 영웅들이 그렇게 한 것은 아니었다. 삼국지의 조조가 애용한 약선은 단지 꿀잠이었다. 영제 역시 하수오떡을 먹었을 뿐이다.

사실, 갈라예프 같은 사람에게 오직 정력을 위한 요리는 자살행위와도 같았다. 부실해진 기초를 놔두고 그 위에 바벨탑을 쌓으면 어떻게 될까?

황지룽의 호랑이 고기는 갈라예프의 거시기에게 자존심을 안겨줄지도 모른다. 호랑이가 서식하는 러시아, 자연의 호랑이를 단숨에 절명시켜 기의 방출을 막았다면.

황지룽에게는 나쁜 방법이 아니었다. 갈라예프가 원하는 건 밤의 즐거움이지, 만병통치요리를 내놓라는 건 아니기 때문이었다.

'어쩌면 내가 지나친지도…….'

괜한 자조가 들었다. 그러나 민규의 본질은 약선이었다. 약선의 궁극은 인간의 건강이지, 한순간 화려하게 타오르고 산화하는 일이 아닌 것이다.

병적인 성욕 증진으로 인한 백음(白淫).

신장의 정기 바닥과 간의 종근 무력, 거기에 더한 심장의 열.

신장의 정기를 더하고 간의 종근을 세우는 일도 쉽지 않지만 심장의 열까지 꺼야 하는 상황. 열을 끄지 않으면 극한의 성욕 증진으로 인해 천수를 앞당길 수도 있는 까닭이다. 왜냐면… 황혼기에 일어나는 성욕은 젊은 날의 그것보다 제어가 어렵기 때문이었다.

나는 식의야.

생각을 정리했다. 황지룽이 호랑이의 기를 먹이든 곰의 기를 먹이든 상관없었다. 민규 머릿속에 식재료들이 줄을 서기 시작했다. 그 첫 식재료는 갯벌 흙이었다.

해구신보다 구하기 어렵다는 호랑이의 거시기VS갯벌 흙.

갯벌 흙 한 대야 분량.

추가 요청을 받은 부시코프의 고개가 갸웃 돌아갔다. 갯벌 흙. 처음에 요청한 해구신을 갯벌 흙으로 감싸 화덕에 굽기라도 하려는 걸까? 갯벌의 힘과 바닷물의 효력을 더하려고? 그 역시 특급 셰프였기에 그 정도 원리는 알았다. 하지만 해구신은 그 자신도 여러 번 요리해 주었던 상황. 말이 해구신이지, 그걸 먹는다고 '벌떡' 하는 일은 없었다. 그건 평범한 사람들이 잠시 신기(腎氣)가 빠졌을 때나 가능한 일이었다.

그로부터 20여 분 후에 황지룽의 요리가 끝났다. 그의 요리는 호육육기(虎肉六氣)찜이었다. 호랑이의 신장을 갈라 나머지 오장육부 부위와 거시기를 다져 넣었다. 추가된 건 익다산과 동충하초였다. 황지룽이 판단하기에 그것들이 호랑이의 기에 시너지가 될 수 있었다.

호랑이 뼈와 익다산 재료를 고은 육수통에 신장을 넣고 중기로 쪄 익혔다. 익다산은 수양제가 즐기던 정력 약으로 생지황과 계심, 감초, 건칠을 배합한 명약이었다. 각 부위에서 최고의 기를 함유한 부위를 발라내고 나머지는 육수에 함께 넣었다. 육수는 풍후한 진액이 되었고 콩팥은 부드럽게 익었다.

찜을 꺼내 회를 뜨듯 슬라이스로 썰어내고 접시에 담았다. 걸쭉한 소스처럼 졸은 육수를 퍼서 넉넉하게 끼얹었다. 요리의 향은 불도장 이상이었다. 사방 수백 미터를 날아가니 맡는 이마다 옥침이 저절로 넘어갔다. 딸림으로 나온 건 호랑이 생피주(酒)였다. 고운 색을 들여서 와인처럼 보였다. 색깔도 향도 그랬다.

짝짝짝!

그가 카트의 뚜껑을 열었을 때 박수를 친 건 민규였다. 요리 자체는 완벽했다.

'9할의 성공.'

민규는 결과를 알고 있었다. 황지룽의 요리와 갈라예프의 혼탁을 견주어본 것이다. 일단 파워에는 만족을 줄 것 같았다. 하지만 갈라예프가 원하는 건 궁극의 방출이었다. 거기까지는 힘들어 보였다.

"우홈?"

과연 갈라예프는 필을 받았다. 몇 점을 집어 먹고 블러드 와인(?)을 마시니 느낌이 온 것이다. 황지룽의 요리는 결국 늘어진 풍선에 바람 넣기에 성공한 것이다. 갈라예프는 접시를 깨끗이 비워냈다. 블러드 와인도 남기지 않았다. 갈라예프는 황지룽에게 엄지를 세워 보였다. 황지룽의 입가에 미소가 번져갔다. 회장은 서둘러 자리를 비웠다. 뭘 하려는지 알 것 같았다.

10분이 지났다.

20분이 지났다.

부시코프가 에바를 바라보며 빙긋 웃었다. 성공을 예감하는 눈치들이었다. 그러나 그 기대에 찬 눈빛이 무너지는 데는 1분이면 충분했다. 갈라예프 회장이 나온 것이다. 얼굴은 달아오르고 표정은 구겨져 있었다.

실패.

그의 표정이 말하고 있었다. 거시기에 불이 들어오는 것까지는 성공했다. 하지만 테스트에 들어가는 순간 맥이 풀렸다.

모래 위에 세운 탑이기 때문이었다. 김이 빠진 갈라예프, 거친 숨을 몰아쉬었다.

"회장님."

황지룽이 갈라예프를 바라보았다.

"좋다 말았소."

회장의 답은 퉁명스러웠다.

"그럴 리가, 잠깐만요."

황지룽이 주방으로 뛰었다. 그리고 남은 요리를 다시 세팅해 돌아왔다.

"조금의 차이였을 겁니다. 이걸 드시면⋯⋯."

미련이 남은 갈라예프, 황지롱의 요리를 마저 먹었다. 이번에도 살짝 불이 들어왔다. 하지만 신기루처럼 꺼져 내렸다. 전광석화처럼 섹스를 한다면 모를까, 그렇지 않고서는 될 일이 아니었다. 포크를 놓은 갈라예프가 고개를 저었다. 이제는 민규의 차례였다.

민규.

문득 중국의 경우가 떠올랐다. 그때는 운명 시스템의 연결이 있었다. 그렇다면 이 갈라예프 회장. 이 사람도 운명 시스템의 수혜자일까? 거대한 부를 이룬 사람. 동시에 수많은 여자를 후리기도 하는 사람. 그 둘 다 평범한 운명이라면 넘보기 어려운 일이기 때문이었다.

"회장님."

마지막 주자로 남은 민규가 회장을 바라보았다.

"당신 요리에 올인하겠소."

"고맙습니다."

"아니오. 어쩐지 기대가 크다오."

"저를 신뢰한다는 말씀입니까?"

"당연히⋯⋯."

"그렇다면 사람들을 잠시 물려주시겠습니까?"

"사람들을?"

"일종의 건강 상담이라고 생각하시면 됩니다."

"번거롭군. 그렇게 합시다."

회장이 민규의 콜을 받았다. 주변 사람들이 저만치 물러났다.

"회장님."

"말하시오."

"혹시 운명 시스템이라는 걸 아십니까?"

"운명? 우리가 사는 이 자체가 운명 시스템 아니오?"

"환생 메신저와 전생 메신저 말입니다."

"셰프, 지금 동양의 운명론에 대해 말하고 싶은 거라면 요리가 성공한 다음으로 미루어주면 고맙겠소."

갈라예프가 못을 박았다. 이 사람은 아니었다. 민규는 바로 방향을 바꾸었다.

"좋습니다. 조금 전에 저를 신뢰한다고 하셨죠?"

"그랬소."

"어디까지 말입니까?"

"무슨 뜻이오?"

"저는 약선요리 셰프입니다. 옛날로 치면 식의라고 합니다. 음식으로 병을 치료하는 의사. 셰프보다 닥터에 가까울 수 있지요."

"그래서요?"

"병원에 가시면 의사의 지시를 따라야 하지 않습니까?"

"그렇지요."

"제 요리를 드실 거라면 식사가 끝나는 순간까지는 제 지시를 따라주셔야 합니다. 괜찮겠습니까?"

"셰프가 요리하고 나는 먹으면 되는 거지, 무슨 지시가 있소? 당신 요리는 먹는 법이 복잡합니까?"

"제 요리는 복잡하지 않지만… 회장님의 상황이 복잡합니다."

"내 상황?"

"방금 황지룽 셰프의 요리가 성공 직전이었죠? 실은 아까 드신 요리들도 신호는 왔을 거고요."

"당신이 그것도 알고 있소?"

"요리와 회장님의 궁합이 그랬으니까요. 두 셰프들의 요리는 훌륭한 보양식이었지만 회장님이 원하는 만족을 주기는 어렵습니다."

"원인을 알고 있다는 말씀이시군?"

"회장님의 문제는 발기부전만이 아니라 오장의 정기 부족입니다. 오랫동안의 폭식과 자극적인 요리 섭취가 몸을 망쳤습니다. 그중에서도 매운맛이 가장 심각합니다."

"매운맛이 뭐가 문제요? 먹으면 카타르시스에 혈액순환까지 잘되는 것 같고 내 사촌은 나보다 더 맵게 먹어도 애인까지 거느리고 끄떡없던데?"

"체질 때문이죠. 매운맛이 몸에 이로운 사람도 있지만 해로운 사람도 있습니다. 회장님이 그런 경우이니 매운맛이 간을 쳐서 근맥을 상하게 했으니 발기를 관장하는 종근에 문제가 생긴 겁니다."

"……."

"그 외에도 신장과 심장까지 심각합니다. 이 세 가지의 심각성을 돌보지 않으면 회장님의 바람은 성공하지 않는 게 좋습니다."

"그건 또 무슨 궤변이오?"

"비아그라 말입니다. 아마 써보셨겠지요. 만약에 말입니다. 발기가 되지 않는 물건을 위해 한 100알쯤 먹게 된다면 어떤 일이 일어날까요?"

"미쳤소? 당장 이거지."

회장이 자기 목을 그어 보였다.

"바로 그겁니다. 회장님의 경우가 그와 같아 발기만을 위해 희귀 보약재를 무리하게 쓰신다면 발기는 있되 그날 밤 이후에 아침을 보지 못할지도 모릅니다."

"셰프!"

"식의로서 제가 한 진단을 말씀드리고 있습니다만……."

"결론을 말해보시오."

"이미 말씀드렸습니다. 식사가 끝날 때까지는 무조건 제 지시에 따라야 한다는 것. 자극적인 매운맛은 이제 일절 금해야 한다는 것."

"대체 어떤 요리를 하려는 것이기에 그러는 것이오. 내 물건이라도 떼어서 접시에 담으려는 거요?"

"그리 어려운 일은 아닙니다만, 수락을 하시면 말씀드리겠습니다."

"그럼 묻겠소. 뭔지 모르지만 당신이 하라는 대로 하면 성공은 하는 것이오?"

"성공합니다. 그러나 오늘은, 한 번만입니다."

"한 번?"

"무릇 모든 어려운 일에는 시간이라는 게 필요한 법입니다. 해서 당장은 증명만 하고 후속 조치를 취하게 될 겁니다."

"거기 또 옵션이 걸리는 거요? 이번에는 성공 보수가 10배?"

"제 옵션은 이미 합의한 다섯 배로 충분합니다."

"……"

"……"

"좋소. 어차피 당신밖에 남지 않았으니 당신 뜻대로 해드리지. 그러니 요리를 시작하시오."

회장의 콜이 나왔다.

"제 첫 요리는 암염을 뿌린 갯벌 흙입니다."

"갯벌 흙? 그걸 나보고 먹으라는 거요?"

갈라예프, 어이 상실의 시선을 들었다. 대체 암염과 갯벌 흙이 정력요리와 무슨 관계란 말인가?

"혹시 이곳에 인체 열감지기 같은 게 있나요?"

"있소이다만."

"심장 부근의 열을 좀 재야 할 것 같습니다."

회장은 민규의 요청에 따랐다. 측정은 바로 진행되었다. 회장의 건강관리를 위해 구비한 장비였다. 심장의 열은 다른 부위에 비해 현저하게 높았다. 측정 직원을 물리치고 다시 말을 이었다.

"회장님의 심장은 늘 열감이 높았을 겁니다. 심장의 열은 멈추지 않는 성욕의 근원입니다. 그랬기에 회장님은 온몸의 정기를 다 끌어다 정액으로 방출하는 삶을 살았습니다. 회장님 스스로에게는 삶의 즐거움이자 보람이었을지도 모르지만 실은 중병이었죠."

"중병?"

"병이라는 게 꼭 정해진 게 아닙니다. 뭐든 지나치면 병이 되는 것입니다."

"……."

"심장의 불 온도를 내리지 않으면 성기능도 없어지는 게 맞습니다. 이제는 젊은 때가 아니니 젊을 때의 능력이 생긴다면 오장 정기의 씨를 말릴 것이니 coition death, 즉 복상사는 맡아놓은 일입니다."

"……."

"그러나 그건 하나의 조치에 지나지 않습니다. 간에서 뭉친 매운맛의 잔재를 녹여 종근을 살려야 하고 신장의 정기 또한 살려내야 합니다. 그 또한 쉽지 않은 일이지요."

"……."

"그 세 가지를 다 해결하여 조화를 이루어야만 회장님은 원하던 걸 가질 수 있습니다."

"중국 셰프의 요리는 그걸 못 맞췄기에?"

"황지룽 셰프의 요리는 훌륭했지만 오직 결과만을 생각했습니다. 만약 그 요리가 회장님에게 쾌락을 안겨주었다면 지금쯤 침대 위에서 심장이 멈췄을지도 모르지요."

"……."

"제 약선의 원칙이기에 말씀드리는 겁니다. 원치 않으면 거절하셔도 됩니다. 저까지 무리수를 둬서 회장님의 천수를 당겨놓을 생각은 없습니다."

"……."

"잠시 생각할 시간을 드리겠습니다."

민규가 돌아섰다. 돈으로 모든 것을 좌지우지하는 능력자. 남이 정한 원칙 따위를 반길 리 없었다. 그러나 자칫 목숨이 걸린 일. 100만 불도, 500만 불도 좋다지만 연연하지 않았다. 이제는 돈에 아쉽지 않은 민규였다. 이 순간에도 약선죽과 플랜츠 새우의 로열티가 차곡차곡 쌓이는 판이었다.

"셰프!"

주방으로 돌아왔을 때 에바가 따라왔다.

"하시겠답니다."

그녀가 가져온 건 회장의 승낙이었다. 민규를 신뢰한다는 얘기였다. 그렇다면 약선요리 한 접시를 마다할 수 없었다.

"……!"

전채(?)요리를 받아 든 갈라예프, 두 눈이 휘둥그레졌다.

거친 암염을 뿌린 질퍽한 갯벌을 넓은 판에 깔아 그의 발 앞에 세팅한 것이다. 거기 첨가된 건 벽해수와 죽엽. 그건 갈라예프 눈에 보이지 않았다.

"셰프!"

갈라예프가 고개를 들었다. 부시코프와 에바도 황당하기는 다르지 않았다.

"심장의 열을 내리고 신장의 물기를 더하는 전채입니다. 요리라고 해서 꼭 입으로 먹을 필요는 없지요. 이 요리는 신장과 심장이 발로 먹는 요리입니다."

민규의 대답은 단호했다. 요리를 내온 이상 주도권은 민규에게 있었다. 러시아의 부호라고 해서 다를 건 없었다.

전혀!

"드시지요."

민규가 갯벌 판을 가리켰다. 단호했다. 갈라예프조차도 압도되었다. 그는 러시아의 대부호. 작은 나라들은 대통령이나 수상조차도 그 앞에서 벌벌 기는 형국이었다. 거액의 투자로 소국의 경제를 살린 적도 있었다. 그런데 고작 일개 셰프……. 내로라하는 미슐랭 별 셋 셰프들도 고개가 부러져라 숙이는 판에…….

그때 그 뇌리에 에바의 보고서가 스쳐 갔다.

[미슐랭 별 셋을 차버린 셰프]

물론 미슐랭의 별 셋이 정식으로 부여된 건 아니었다. 그러
나 예정된 거나 마찬가지였다. 그 또한 미슐랭 측에 확인을 거
친 갈라예프였다.

'카리스마…….'

자신도 모르게 고개를 끄덕거렸다. 그가 압도당한 건 생애
단 두 번뿐이었다. 한번은 러시아의 대통령 앞. 가스 사업의
성패를 쥐고 있는 그 앞에서 갈라예프는 겸손했다. 자신의 운
명을 그가 쥐고 있었기 때문이었다. 이후의 대통령들은 오히
려 갈라예프 앞에서 공손했다. 갈라예프의 돈지갑이 필요한
까닭이었다.

그리고 영국 여왕 앞에서였다. 그녀에게는 범접하기 힘든
품위가 있었다. 그에 비해 갈라예프의 가문은 신흥 재벌. 역
사로 쌓아 올린 고고한 품격 앞에서 그는 기꺼이 고개를 숙였
다.

갈라예프가 신발을 벗었다. 이 셰프도 자신의 운명을 쥐고
있었다. 남성의 운명. 신뢰가 가기에 따를 수밖에 없었다.

"안 됩니다."

갯벌에 발을 넣으려는 순간, 민규의 목소리가 날아왔다. 추상같은 위엄이었다.

"……?"

"양말도 벗으세요."

"……."

이번에는 대꾸도 하지 못했다. 릴리야가 허리를 숙여 양말을 벗겨주었다. 갈라예프가 갯벌 판 안으로 들어섰다.

"……!"

그의 미간이 격하게 일그러졌다. 암염 때문이었다. 돌덩이처럼 단단한 암염은 밟으면 발이 아팠다. 아니, 아픈 것만이 아니었다. 피도 나는 것 같았다.

"한국의 한의학에 축양비방이라는 게 있습니다. 심장에 열이 나면 거머리를 발바닥에 붙여 피를 빼지요. 발바닥에서 피가 나면 심장의 열이 내려가기 때문입니다."

"……."

"갯벌은 두 가지 효과를 위한 시식입니다. 축축한 흙 역시 화기를 흡수합니다. 화기가 강하면 용을 타라는 말이 있는데 용이 바로 물기 축축한 땅입니다. 소금기가 있는 흙은 화기를 빨아내 내려줍니다. 더불어 그 소금기는 신장의 수기를 강화시키기도 합니다. 밟는 사이에 마음이 평안해지도록 특별한 물을 넣었으니 꼭꼭 씹는 마음으로 임해주시기 바랍니다."

특별한 물은 두 가지.

하나는 초자연수였고 또 하나는 죽엽을 진하게 우려낸 물. 죽엽 또한 심장의 열을 식히는 데 유용했으니 세종대왕도 가슴의 화기를 내리기 위해 사용했던 적이 있었다.

"……."

"식사 시간은 본 요리가 나오기 전까지입니다. 꼭 지켜주시기 바랍니다."

민규, 깍듯한 인사를 하고 돌아섰다.

"허어!"

한숨은 부시코프가 대신 쉬었다. 에바도 황당하기는 그에 못지않았다. 하지만 정작 갈라예프는 아무 말도 하지 않았다. 밟을 때마다 따끔따끔 찔리는 고통. 처음에는 짜증이 났지만 시원한 느낌이 들었다. 민규의 말대로 심장의 화기가 식는 것이었다.

"……."

집중해 보니 기가 살고 있었다. 맡을수록 몸이 가벼워지고 상쾌해지는 게 아닌가? 그는 멈췄던 걸음을 떼었다.

'이 배팅은 된다.'

본능이 갈라예프에게 속삭였다.

해구신, 장어, 녹용, 오골계, 참새, 해삼, 장어, 새우, 상추, 마, 가지, 마늘, 복분자, 흑임자, 둥굴레, 오징어가루, 익모초 씨앗, 산수유, 구기자, 오미자, 부수씨, 쑥 열매, 백봉령, 여주… 마지막으로 경옥고.

민규는 다양한 식재료를 보고 있었다.

해구신.

눈길이 갔다. 흔하지 않은 재료에 대한 호기심이었다. 해구신이라면 황지룡의 요리법과 비슷하게 가면 되었다. 해구신을 갈라 그 안에 정을 보할 약재를 찔러 넣고 찌면 된다. 물은 춘우수면 끝장이다. 춘우수는 양기가 충만한 물. 발기력에 으뜸이니 불임부부조차도 이 물을 먹고 합방을 하면 아기를 가질수 있었다. 지원군을 쓸 수도 있었다. 거시기 역시 손발처럼 말단이니 천리수를 더해주면 효과 상승이다. 열탕 역시 양기를 북돋우니 그만한 어시스트도 없을 일⋯⋯.

─궁중보만두.

─약선해구신가마보곳.

─약선산수유양갱.

─약선마늘죽.

─궁중전복초.

─약선쑥단자.

─약선상추마샐러드.

─약선오미자차.

이런저런 요리를 생각하며 부시코프를 호출했다.

"도울 일이 있습니까?"

그가 물었다.

"아까 들으니 회장님께서 영국 여왕 이야기를 자주 하는 것 같던데 특별한 관계라도 됩니까?"

"우리 회장님이 호감을 갖는 사람 중의 하나지요."

"이유도 알 수 있을까요?"

"요리에 그런 것도 필요합니까?"

"그냥 참고 사항입니다."

"지구상 최고 명문 가문의 하나 아닙니까?"

부시코프가 웃었다. 웃음의 이유를 알 것 같았다.

돈!

사람들은 돈을 좇는다. 그 돈이 충족되면 신사를 꿈꾼다. 번듯한 가문이 되고 싶은 것. 갈라예프 역시 그 선상에 있었다. 돈으로는 살 수 없는 전통…….

'영국 여왕이라…….'

민규의 시선은 갈라예프에게 있었다. 그는 착실하게 갯벌 판을 걷고 있다. 심장의 열은 많이 내렸다. 하지만 신장의 기 변화는 아직 만족스럽지 않았다.

민규가 다른 재료를 꺼냈다. 한국에서 가져온 야생초씨앗 모음이었다.

씨앗!

먹는 씨앗 중에서 가장 작은 게 좁쌀이다. 속미(粟米)라고 불린다. 우리가 먹는 여덟 가지 곡식 중에서 가장 작으며 가 장 단단하다. 신장을 보한다. 어린이거나 장기간 먹는 게 아니라면 해로울 것도 없다. 야생초씨앗들 역시 좁쌀에 못지않았다. 지부자, 댑싸리 씨앗과 피, 똑새풀 등등… 작지만 우주의 신기(腎氣)를 지닌 씨앗들… 3생 정진도의 수고를 위해 동원하기로 했다. 무려 500만 불짜리 만찬이 될 상황. 그렇다면 3생의 필살기를 다 동원해도 아까울 것 없었다.

한 시간……

갈라예프의 갯벌 시식은 거기서 끝냈다. 심장의 화기를 잡았고 신장 역시 혼탁이 무뎌져 있었다.

"두 번째 전채입니다."

이번에는 경옥고였다. 그의 혼탁과 견주어보니 세 알이 필요했다. 확실한 결과를 위해 네 알을 투입했다. 경옥고는 보통 공복이거나 아니면 술에 타서 먹는 법이 효과적. 그러나 알코올이 들어가면 심장의 화기가 다시 살아날 수 있으므로 초자연수 장수를 곁들여 주었다. 장수는 환을 잘 풀어주는 힘을 가졌다.

가져온 게 일곱 알이었으니 이제 세 알이 남았다. 그는 군말 없이 받아먹었다. 얼마나 지났을까? 위장 안에 상서로운 기운이 이는 게 보였다. 기운은 맹렬한 소용돌이를 그렸다. 그러다 한순간, 상서로운 소용돌이가 오장육부를 향해 진격해 갔다.

"어!"

갈라예프가 벌떡 일어섰다.

"왜 그러십니까?"

에바가 물었다.

"몸이… 가뜬해……."

"네?"

"몸이 말이야… 마치 실컷 자고 난 것처럼……."

갈라예프가 몸을 움직였다. 여기저기서 뚝뚝거리던 낡은 관절 소리가 들리지 않았다. 묵직하던 머리도 굉장히 청명했다. 과연 제대로 만든 경옥고는 달랐다.

생기확산.

오장생동.

허실충전…….

불로불사와 빠진 이의 재생, 흰머리의 검정 변색까지는 몰라도 전격적인 변화가 일었다.

완전한 리셋!

거기까지는 아니지만 유의미한 변화를 얻었다. 그 정도면 되었다. 그렇다면 이제 약선요리로 쐐기를 박을 차례였다.

전채.

—청적흑궁중삼색밀쌈말이, 약선씨앗죽.

메인.

—은대구소금구이, 약선마전, 궁중해삼전, 약선해구신떡갈비구이, 궁중가지나물, 새우볶음.

후식.

—약선오미자정과, 궁중삼색주악, 여주차.

이 구성은 특별한 의미가 있었다. 삼색밀쌈말이의 밀병은 청색, 적색, 흑색으로 물들었다. 신장과 간장, 심장을 상징하는 구성이었다.

약선씨앗죽은 가지고 온 야생초씨앗을 법제했다. 벽해수에 담가 신장으로 가는 캡슐을 씌워준 것. 한약에서 쓰는 방식이었으니 정기를 오롯이 신장으로 보내려는 의도였다.

죽물은 밥을 하는 과정에서 종지를 심어 따로 받아 넣고 증기수를 더했다. 증기수는 머리카락을 건강하게 만든다. 머리카락은 심장과 신장이 관장하니 두 장부의 보양을 노리는 처방이었다. 하지만 정력수라고도 할 수 있는 춘우수는 아직 동원하지 않았다.

삼색밀쌈말이에 약선씨앗죽.

밀쌈말이를 담아낸 플레이팅은 구절판 이상이었다. 그 비주얼은 갈라예프를 감동시키기에 다소 부족했다. 하지만 상황은 이내 바뀌게 되었다.

"영국 여왕께서 한국에 왔을 때 차려낸 코스식 약선요리입니다. 특히 여왕께서는 이 밀쌈말이의 아름다움에 극찬을 하셨습니다만."

"영국 여왕이?"

"그렇습니다."

민규가 답하는 사이에 에바가 검색 결과를 내놓았다. 민규의 말은 틀림이 없었다.

"맙소사, 내가 존경하는 여왕이 이 요리에 뻑 갔단 말이지?"

갈라예프의 식욕이 확 올라갔다. 무의식적으로 포크를 집어 든 것이다.

"오, 이 아련하면서도 느긋한 풍미……."

갈라예프가 눈을 감았다. 식재료들은 그의 체질을 집어낸 핀셋 구성. 목을 넘어가는 순간 중독성을 느낄 수밖에 없었다. 씨앗죽도 그랬다. 어딘가 모르게 다소 거친 느낌이지만 아련한 뒷맛과 함께 배 속에서 받아들이는 반응이 달랐다.

전채 뒤의 메인 요리.

황지룽의 눈이 뒤집혀 버렸다. 자신의 요리대에서 화면을 보고 있던 황지룽. 비명 같은 한마디를 토하지 않을 수 없었다.

"포정해우(庖丁解牛)!"

그 말밖에는 할 말이 없었다. 민규가 선보인 권필의 필살기 때문이었다. 싱싱한 은대구의 뼈를 어루만진 칼. 아가미로 들어가 두어 번 움직이자 은대구의 뼈가 주르륵 딸려 나온 것.

"우억!"

그는 자신의 입을 틀어막았다. 그의 행동도 화면으로 나가고 있기 때문이었다. 그러나 그의 비명은 더 커지고 말았다. 다음에는 이윤의 필살기가 동원되었으니, 금빛 코팅법의 작렬이었다. 벽해수에 재워 구워낸 은대구, 금빛 찬연한 물을 거치니 금대구로 변신해 버린 것.

금대구는 간에 쌓인 매운맛의 해결사로 내세웠다. 대구 살은 흰색. 폐를 보양하는 벽해수로 전처리를 했다. 흰색은 금형에 속하니 금극목의 원리를 이용해 사기(邪氣) 덩어리의 문을 열려는 의도였다.

군신좌사의 원칙에 입각해 신과 좌, 사에는 단단해진 간을 풀어내는 데 쓰이는 대추, 아욱, 소고기의 진액을 소스로 깔았다. 진액을 우린 물은 방제수. 눈을 밝게 하는 물이니 당연히 간을 보양할 힘을 갖춘 까닭이었다. 소스의 양은 신중하게 계산했다. 여기서 실패하면 뒤로 이어지는 요리들 역시 허망한 칼로리가 될 뿐이었다.

접시는 색이 진한 군청색. 붉고 걸쭉한 소스를 먼저 깔고 금대구의 자리를 잡았다. 마무리는 곱게 갈아낸 흰 마에 붉은 국화잎 몇 조각, 거기 들기름을 발라 구워낸 아스파라거스 세 개를 더하니 장식의 끝이었다.

금대구소금구이 완성!

약선마전에도 금빛을 입혔다. 해삼전 역시 금빛 변신. 메인의 메인이랄 수 있는 해구신떡갈비 역시 금빛 옷을 입었다. 정력수 춘우수는 여기에서 소환되었다. 오징어가루에 쑥 열매, 부추씨, 녹용가루를 쓴 반죽에 춘우수를 사용한 것.

해구신의 세팅은 시선 집중이었다. 흰 마를 깎아 우랄산맥을 만들고 그 가운데 요리를 올려놓은 것. 산맥 안쪽으로 표현된 자작나무들은 실제의 축소판처럼 정교했다.

해구신떡갈비 완성!

증기수를 쐰 가지나물과 새우볶음까지 상지수 황금 코팅을 입히니 접시는 온통 황금의 바다가 되었다. 다른 접시들은 청 적흑색을 고루 썼다. 여백에는 소스를 실선으로 뿌려 무릉도 원을 표시했고 포인트는 절육이나 꽃오림으로 장식했으니 무 엇 하나 허투루 보이지 않았다.

"아!"

화면을 보던 갈라예프가 일어섰다. 에바와 부시코프의 시 선도 집중이었다. 우레타공의 신기에 이미 홀려 버린 시선들. 황금 코팅에서 회복 불능까지 치닫고 있었다.

그걸 본 민규는 담담했다. 그들은 그저 눈에 보이는 것만 보았을 뿐. 단계 단계마다 들어간 심장과 신장, 간, 폐에 작용 하는 초자연수 정체까지 안다면 아예 일어나지도 못할 일이었 다.

민규는 초자연수 오장과의 연계 기능을 치밀하게 적용시켰 다. 결과를 역으로 해석해 어떤 장부와 연관이 되는지까지 파 고든 것이다.

"여왕도 받지 못한 황금 메인 요리입니다. 황금은 심신을 안 정시키고 해독 작용을 가지며 골수를 보하는 효력이 있습니 다. 정력을 살리려면 골수를 채우는 것도 필요하니 심미적일 뿐만 아니라 오늘의 요리에 꼭 필요한 식재료이기도 합니다."

민규, 황금 찬란한 요리를 세팅하며 설명을 했다.

"오, 영국 여왕도 받지 못한 황금요리……."

"다만 이 메인 코스는 차례가 있으니 제가 놓아드린 대로 드시기 바랍니다."

민규가 끝으로 돌려놓은 건 약선해구신떡갈비였다.

"여왕도 그랬나?"

"아닙니다. 여왕의 만찬은 회장님과 목적이 달랐으니까요."

"흐음, 하지만 그녀도 정기가 달리기는 했을걸?"

갈라예프가 포크와 나이프를 들었다. 첫 타깃은 은대구… 아니, 황금대구요리. 반으로 자르자 후끈한 풍미와 함께 시베리아의 눈처럼 하얀 속살이 모락 드러났다.

"오오, 이 감동……."

은대구가 갈라예프의 입으로 들어갔다.

흰 살의 은대구, 과연 간 속에 응결된 매운맛의 찌꺼기 덩어리를 훑어낼 것인가? 민규의 시선은 회장의 간에서 떨어지지 않았다.

절반 흡입.

4분의 3 흡입.

그리고 마지막 덩어리는 남은 소스가 듬뿍 찍힌 채 회장의 입으로 들어갔다.

꿀꺽!

그의 목젖에 힘찬 경련이 보였다.

회장은 이제 약선마전을 당겨놓았다.

아삭!

약선마전에는 청각의 즐거움까지 있었다. 마전 위에 뿌린 생마 조각들 때문이었다. 바로 그 순간, 회장 간 속의 사기 덩어리가 흔들리는 게 보였다. 뭉쳐진 혼탁이 흩어지기 시작한 것이다.

'빙고!'

민규가 내심 쾌재를 불렀다. 뭉쳐서 막혔던 종근이 서서히 풀리고 있었다. 이미 심장의 열은 내려간 상황. 이제는 저 아래까지 물길이 이어지기만 하면 될 일이었다.

마침내 회장의 손이 해구신떡갈비 접시를 당겼다.

잡냄새를 씻어낸 해구신떡갈비…….

사실 해구신이 처음은 아닌 회장이었다. 부시코프도 했고, 다른 전문요리사들도 이 요리를 바친 적이 있다. 그때는 목적 때문에 기대를 했던 회장. 오늘은 요리로써 기대를 안고 있었다. 아까부터 그 풍미가 모락모락 옥침을 돌게 했던 것.

회장이 민규를 바라보자…….

끄덕!

허락하노라.

민규의 고개가 단 한 번 움직였다.

"……!"

한 점 푸짐하게 문 갈라예프. 그 한 방에 무장 해제가 되고 말았다. 그건 맛의 폭력이었다. 미각의 기저세포를 흔드는 것으로도 모자라 턱 안쪽의 연구개까지 후려쳐 버린 것. 연구개를 자극하는 것은 웬만한 맛으로 불가능했다. 걸쭉하면서도 폭발적인 감칠맛을 가져야 하는 것. 양쪽으로 들이치는 맛의 폭풍은 아찔하기까지 했다.

미각 폭격.

촉각 폭격.

후각 폭격.

시각 폭격.

융단 폭격에 넋을 놓으며 해구신떡갈비를 넘겼다. 다른 요리보다 약간 많은 양. 그러나 오히려 더 짧은 시간에 작살내 버린 회장이었다. 매운맛 없이도 이토록 간절하기는 처음이었다.

거기서 신선의 물 육천기의 향기가 동원되었다. 구멍이 뚫린 찻잔에 따라 회장의 양쪽에 세팅한 것. 향이 코로 들어가자 생기를 증폭시키기 시작했다.

후식이 나왔다. 약선오미자정과와 궁중삼색주악, 그리고 여주차였다.

주악은 임원경제지에 고급 떡으로 등재되신 몸. 민규의 주악은 여왕의 그것처럼 치자 물에 다진 대추, 밤가루로 만들었다. 다른 요리들이 청적흑으로 세팅된 것과는 다른 컬러였다.

"이건 어째서 다르오?"

회장이 물었다.

"약선요리는 메인에서 끝났기 때문입니다."

민규가 웃었다.

"……?"

"이 요리들도 회장님의 정기 생성에 도움이 됩니다만 그보다는 영국 여왕의 만찬 구색에 맞춘 것뿐입니다. 드셔도 되고 안 드셔도 됩니다."

"셰프……."

회장의 눈이 사타구니로 향했다. 그곳에는 아직 조짐이 없었다. 하지만 그건 회장의 생각. 민규의 눈에는 달랐다. 간에서 아랫도리로 이어지는 대들보 종근. 종근의 생기가 소리 없는 밀물처럼 도도하게 이어지고 있었다. 이제는 목적지에 가까웠다. 거시기의 뿌리와 몸통, 그 혈관에도 하나하나 혈액이 차올랐다. 시든 나무줄기가 물기를 머금고 일어서듯 마침내 끊겼던 스위치 라인이 회복되는 것이다.

딸깍!

민규가 테이블 끝에 달린 장식용 전등의 스위치를 껐다. 그걸 다시 누르자 불이 환하게 들어왔다.

"회장님."

"……?"

"불은 필요한 순간에 들어올 겁니다. 미리 들어와 고개를 쳐들면 회장님 프라이드도 그렇고……."

"셰프……."

"지금 가슴이 시원하시죠?"

"……?"

"천천히 느껴보십시오. 몸의 변화를……."

"그런 것 같소이다만……."

"그럼 저를 믿고 침대로 들어가십시오. 후식은 그리 땡기지 도 않을 것이니……."

"정말… 불이 들어오는 것이오?"

"그럼요."

민규가 안쪽을 가리켰다. 그 안에 리타가 있었다. 엉거주춤 일어선 갈라예프, 민규를 돌아보고는 안으로 향했다. 에바와 부시코프가 민규를 바라보았다.

"카운트하세요. 러시아의 우주선 발사처럼."

"……?"

"나인, 에잇, 세븐,……"

민규가 카운트를 하자 둘도 별수 없이 뒤를 따랐다.

투.

원.

제로.

"으어억!"

순간, 안쪽에서 갈라예프의 비명이 터졌다. 그러나 절망이 아닌 행복한 비명이었다. 뒤를 이어 리타의 비명도 따라 나왔 다. 그녀의 비명 역시 공포나 짜증의 그것은 아니었다.

"으어어!"

"아아아!"

잠시 후, 두 비명이 음양의 조화를 이루자 에바가 자기 입을 막았다. 그 볼에 떠오른 건 맹렬한 홍조였다.

"셰프……."

부시코프가 민규를 향해 엄지를 세웠다. 저 안에서 우랄산맥처럼 우뚝 선 갈라예프 회장의 자존심처럼 우뚝.

우뚝!

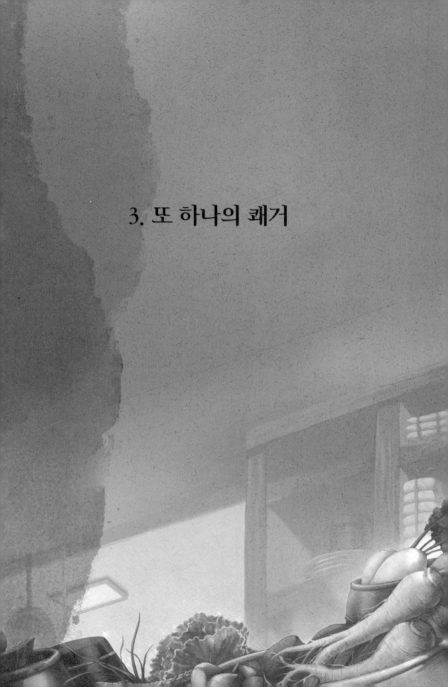

3. 또 하나의 쾌거

30분.

시간이 흘러갔다. 안에서는 열락의 비명이 쉴 새 없이 새어
나왔다. 민망해하던 부시코프, 괜히 정원을 돌아보았다. 에바
는 간간이 민규를 보며 웃어주었다.

40분.

내실의 문이 열렸다. 갈라예프가 나왔다. 리타는 회장의 품
에 안겨 있었다. 두 사람 다 양 볼에 홍조가 가득하다. 저 홍
조는 애정의 호르몬이 흘러나올 때 얼굴에 번지는 홍조…….

"셰프!"

리타를 내려놓은 회장이 민규에게 다가왔다.

"좋은 시간 되셨습니까?"

민규가 물었다.

"물론이오. 내 소원을 풀었소."

"다행이군요."

"내일 아침도 기적의 요리를 부탁하오."

"이제는 매일이 기적일 겁니다. 내일 아침은 제가 준비하고 이후로는 부시코프 셰프께서 요리해도 가능할 수 있도록 회장님의 오장을 바로잡아 두겠습니다."

"고맙소."

"다만 한 가지 주의가 있었죠?"

"매운맛 금지!"

"신맛과 고소한 맛을 많이 즐기십시오. 다만 간단한 매운맛은 괜찮습니다."

"고맙소. 진심으로 고맙소."

갈라예프가 손을 내밀었다. 기꺼이 악수에 응해주었다. 옆에 있던 부시코프와 에바 등의 직원들이 일제히 허리를 숙여 경의를 표해왔다.

"에바."

갈라예프가 에바를 돌아보았다.

"예, 회장님."

"이 셰프의 계좌에 약속한 돈을 꽂아주도록."

"예."

"그리고 부시코프, 오늘은 이 셰프를 위해 요리해 주시게. 영국 여왕을 맞이하듯 정성껏 말일세."

"알겠습니다."

부시코프 역시 기꺼이 명을 받았다.

"셰프……."

가방을 꾸린 황지룽이 다가왔다.

"가시게요?"

민규가 물었다.

"실패한 몸 아닙니까? 갈 길 가야죠."

"그래도 당신의 요리는 훌륭했습니다."

"그런 줄 알았지요. 적어도 당신을 만나기 이전에는……."

"……."

"약선요리라고 했나요? 당신이 하는 요리가."

"예."

"요리하는 걸 보니 그 깊이를 알겠더군요. 당신을 헐렁하게 본 것, 또 한 번 사과를 해야겠습니다."

"그럴 필요까지는……."

"아닙니다. 나는 고작 식재료 중심일 뿐인데 당신은 한의학에 더불어 사람의 체질까지 고려하는 것 같더군요. 클래스가 달랐습니다."

"이런 경우는 그럴 수밖에 없지요. 단순한 일이 아니니까요."

"아무튼 존경스럽습니다. 남들이 다 실패한 해구신을 성공시키다니… 나도 그래서 호랑이 쪽으로 가닥을 잡은 것인데……."

"죄송하지만 해구신이 이번 성패의 핵심은 아니었습니다."

"뭐라고요?"

황지룽의 눈빛이 튀어올랐다.

"그건 갈라예프 회장의 만족도를 위한 거였죠. 당신이 처음에 쓴 작란이나 참새고기를 넣었더라도 그 결과는 같았을 겁니다."

"셰프……."

"제 입장에서는 호기심으로 써본 겁니다. 왜들 해구신, 해구신하는지……."

"그럼 해구신의 효능을 믿지 않는다는 겁니까?"

"그건 아닙니다. 다른 것들보다는 신속하더군요. 해구신이 아니었으면 다른 처방을 동원해야 했을 겁니다."

"다른 처방… 길은 또 있었다는 얘기로군요?"

"예."

"당신이라면 그럴 수도……."

"아무튼 호랑이 요리, 잘 보았습니다. 두 분의 요리 덕분에 저도 새로운 공부를 많이 했습니다."

"허어……."

황지룽은 고개를 저으며 저택을 나갔다. 먼저 왔으니 먼저

가는 것. 간단하게 생각해 버렸다.

"회장님께서 정원 너머의 연못을 구경시켜 드리라고 하십니다. 모시겠습니다."

릴리야가 민규에게 고개를 숙였다. 딱히 할 일도 마땅치 않았으므로 그녀를 따라 걸었다. 어둠이 살짝 깔린 연못은 연못이 아니었다. 하나의 호수였다. 민규가 도착하자 조명이 일제히 켜졌다. 민규를 위한 서비스로 보였다. 안개등 유려한 호수는 하나의 환상이었다. 산책 코스로 그만이었다.

벤치에 앉아 종규에게 문자를 보냈다.

[임무 완수.]
[으악, 성공?]

즉각 답문이 들어왔다.

[그럼 실패하길 빌었냐?]
[그럼 100만 불 받는 거야?]
[100이 아니고 500만 불이다.]
[우어어!!]
[별일 없지?]
[없긴. 내일 문 닫는다니까 난리가 났지.]
[미안, 잘 수습해라.]

[내일 오는 거야?]
[그래. 내일 보자.]

문자를 끝냈다.
"이거 부시코프 셰프께서……."
릴리야가 커피를 내놓았다.
"고맙습니다."
이제 여유가 생긴 민규, 즐겁게 받아 한 모금을 마셨다. 그
때 릴리야의 목소리가 조심스럽게 열렸다.
"셰프님……."
"하실 말씀 있으세요?"
"죄송하지만 아까 그 물……."
"……?"
"한 컵만 더 얻을 수 있을까요?"
"그러세요. 그 물이 마음에 드셨어요?"
"제가 아니라 제 아들에게 주려고요."
릴리야가 고개를 숙였다. 살짝 가셨던 수심이 더 깊어졌다.
그제야 알았다. 그녀의 수심은 그녀 자신의 것이 아니라 아들
에게서 온 모양이었다.
"아들이 어디가 안 좋은가요?"
"그게……."
"말씀하시기 곤란하면 하지 않으셔도 됩니다."

민규가 질문을 거두었다. 상대는 러시아 사람. 게다가 초면이니 난처하게 만들 생각은 없었다. 잠시 주저하던 릴리야, 아들에 대해 입을 열었다.

"아이가 뇌막염에 걸렸어요."

'뇌막염?'

민규 시선이 튀어 올랐다.

"여기 사택이 마련되기 전에 여동생 집에 맡겨두었었는데 거기가 산골이라 병원이 없어요. 동생도 감기에 걸린 줄 알고 그냥 두었다가 치료 시기를 놓쳐서… 때늦게 알고 데려와 진료를 받았지만 청력 장애가 남았어요. 이따금 경련도 하고요."

"저런……."

"의사들은 이미 후유증이 되어서 손쓰기 곤란하다고 해요. 그런데 아까 셰프님이 주신 물을 마시니 기분이 편안해지는 게 우리 레오에게도 좋을 것 같아서……."

"그 물은 좋은 물이지만 아이의 병과 맞지 않습니다."

"아, 죄송합니다."

릴리야가 허리를 숙였다. 그런 다음 맥없이 돌아섰다.

"릴리야."

민규가 그녀의 걸음을 세웠다.

"아들은 어디에 있나요? 직접 보면 도움이 되는 물을 맞춰줄 수도 있어요."

"정말요?"

"예."

"하지만 저는 돈이 없는데……."

"한국인은 물 한 잔까지 돈을 받지는 않습니다."

"그럼 잠깐만 기다리세요. 제 사택에 있거든요."

릴리야가 머리카락을 휘날리며 뛰었다. 모정은 이 추운 러시아 어머니의 마음속에서도 다르지 않은 모양이었다.

"셰프님!"

그녀는 금세 돌아왔다. 그러고는 업고 있던 아이를 내려놓았다. 여섯 살쯤 되었을까? 아이는 생기가 없어 보였다.

'머리……'

릴리야의 말은 정확했다. 레오의 머리에 혼탁이 보였다. 하지만 거기만이 아니었다. 배에도 혼탁. 위장까지 나빠진 것이다.

"레오?"

민규가 소년의 이름을 불렀다. 아이는 반응하지 않았다.

"잘 못 들어요. 하지만 크게 부르면… 레오!"

릴리야가 목청을 올리자 레오가 돌아보았다. 청각이 완전히 닫히지는 않은 모양이었다.

"생수를 몇 병 가져오세요. 컵도 함께."

"네, 셰프님."

릴리야가 다시 뛰었다.

쪼르륵!

첫 잔으로 정화수를 주었다. 위가 좋지 않지만 물이야 못 마실까? 머리를 맑게 하니 도움이 될까 싶었다. 한 모금 잘 마시다가 바로 토해 버렸다.

두 번째는 요수를 주었다. 비위를 안정시킬 생각이었다. 하지만 레오의 반응은 '우엑'이었다.

"아유, 좀 마셔봐. 병이 나을지도 몰라."

릴리야는 필사적이다. 하지만 아이는 고개를 저을 뿐.

'흐음.'

살짝 오기가 발동했다.

요리는 입으로만 먹는 게 아닌 법.

그걸 알고 있는 민규가 아닌가? 육천기를 소환했다. 몇 번의 수고를 해야 하지만 마다하지 않았다. 레오는 육천기의 향을 맡았다. 생기가 들어가자 머리와 위의 혼탁이 흐려졌다. 하지만 거기까지였다. 육천기만으로는 부족했다.

'기왕에 시작한 일.'

머리부터 짚어나갔다.

머리.

동의보감을 보면 머리에 아홉 개의 궁전이 있다고 나온다. 이 궁궐에 사는 9명의 신이 원수구궁진인(元首九宮眞人)이다. 이들이 정신을 지배한다. 감기와 관련되어 생기는 질병은 풍한 두통이 있다. 찬물이나 찬바람으로 인한 병은 두풍증이다. 뇌막염은 이것들로 시작되었을 수도 있었다. 그러나 이미 시기를 놓친 병. 뇌의 염증 자체를 박살 내지 않는 한 그 치료법 역시 효과가 없을 일이었다.

'칡뿌리, 천궁, 결명자, 작설차, 파뿌리, 녹두, 무, 박하……'

머리에 좋은 약초를 줄을 세웠다.

'황기, 인동덩굴, 참외씨, 익모초, 식초, 붉은 팥……'

종기, 즉 염증에 좋은 것들도 줄을 세웠다.

다행히 여기는 갈라예프 회장의 저택. 그의 식자재 창고에는 온갖 산해진미가 쌓여 있었다. 그렇다면 육천기와 매칭이 되는 특별한 식재료가 있을 수도 있었다.

"릴리야!"

민규가 고개를 들었다.

"네?"

"식재료 창고 좀 다시 볼 수 있을까요?"

"그거야 어렵지 않습니다만……."

"그럼 아이와 여기 계세요. 제가 구경 좀 하고 올게요."

릴리야를 두고 혼자 일어섰다. 주방에는 다른 직원이 있었지만 민규를 말리지 않았다.

'산해진미……'

다시 봐도 식재료의 천국이었다. 호랑이 고기부터 해구신까지도 갖춰둔 식재료 창고. 그렇다면 더 좋은 재료가 있을 것만 같았다. 두 눈에 쌍심지 불을 켜고 스캔을 했다. 레오의 혼탁에 맞는 식재료를 헌팅하는 것이다. 박하는 한눈에 보였다. 그나마 레오의 혼탁과 닮은 까닭이었다. 하지만 그것뿐이었다. 샥스핀을 보고, 제비집을 보고, 최고의 양고기와 거위의 푸아그라까지 봤지만 레오의 혼탁에 근접하는 것은 없었다. 차가버섯에서 약간의 반응이 나왔지만 만족스럽지 않았다.

'이 많은 식재료 중에서 뇌막염에 대적할 성분을 가진 게 없다니……'

한숨을 쉬는 민규의 눈에 세숫대야만 한 킹크랩이 보였다. 갑각류 칸이었다. 수십 종의 새우와 게들이 보였다. 희귀한 것들이었지만 민규가 찾는 건 아니었다. 그때 가오리처럼 생긴 게 보였다. 자세히 보니 가오리가 아니고 투구게였다.

'투구게?'

그 특이한 형체와 시선이 마주치는 순간, 민규의 눈에 불꽃이 튀었다.

"빙고!"

자신도 모르게 소리를 질러 버렸다. 투구게… 그 게가 반응하고 있었다. 레오의 혼탁과 꼭 맞는 반응이었다.

―투구게, 뇌막염.

확인부터 해보았다. 여덟 가지 판별력을 믿지 않는 건 아니지만 원리를 알면 더 좋았다.

"……!"

민규의 시선이 결과에서 멈췄다.

투구게. 특이하게도 파란 피를 가지고 있다. 일반적인 피와 달리 철 성분 헤모글로빈이 없고 구리 성분의 헤모시아닌이 있어 산소와 결합하면 우윳빛 파란색을 띠는 것. 이 게의 피에 LAL(Limulus amebocyte lysate)라는 단백질이 있는데 이게 병원균에 대항하는 효능이 있었다. 미국은 일찌감치 이 피를 이용해 주삿바늘이나 수술용 장비를 소독, 살균하고 뇌막염을 일으키는 병원균의 진단이나 백신에 이용하고 있었다. 특이한 피라서 그런지 그 값도 장난이 아니었다. 3리터에 6,000만 원을 호가하는 것.

두 마리를 건져다 피를 받았다. 그렇게 비싼 줄 몰랐는데 가격을 알고 나니 괜히 조심스러워졌다. 샘플 피를 받아 시험에 착수했다. 반천하수부터 방제수까지 일일이 첨가해 레오의 혼탁과 맞춰본 것. 물은 정화수와 천리수의 조합이 가장 좋았다.

다음으로 약재를 넣었다. 황기는 한국에서 가져왔으니 그걸로 실험을 했다. 팥도 정기가 튼실한 새팥을 사용했다. 거기에 3년 묵은 쌀식초를 두 방울 넣으니 최적의 결과가 나왔다.

"요리는 회장님이 제게 맡겼는데요?"

요리대 앞에 선 민규를 보자 부시코프가 말했다.

"아, 예… 릴리야의 아들을 위해 간단한 음료수 한 잔 만드느라고요."

"레오를 보셨어요?"

"예……."

"릴리야가 부탁을 했나 보군요?"

"아닙니다. 제가 먼저 아이를 보고… 기다리는 동안 딱히 할 일도 없고 해서요."

"레오는 뇌막염입니다. 회장님이 좋은 의료진을 소개했는데 시기를 놓쳐서 고치지 못했어요. 너무 무리하지 마세요."

"네."

민규가 답했다.

부시코프가 돌아가자 육천기를 소환했다. 신선의 물은 이내 기를 발산해 냈다. 거기에 투구게의 푸른 피를 넣었다. 준비한 식재료들도 차례차례 투입이 되었다.

흐음!

향을 음미했다. 레오는 水형. 황기가 잘 맞으니 진하게 달여 넣을 뿐, 별다른 고려는 하지 않았다.

"릴리야."

기왕이면 황실 찻잔에 담고 송송 구멍이 뚫린 뚜껑을 덮은 민규. 기다리던 릴리야와 레오의 테이블에 '육천기투구게약선차'를 내려놓았다.

"코로 먹는 약선요리입니다. 레오에게 도움이 될 거예요."

"셰프……."

릴리야는 민규의 정성에 놀라 어쩔 줄을 몰라 했다.

"향이 날아가기 전에 먹이세요. 기도도 해주시고요."

딸깍!

민규가 뚜껑을 열었다. 신성을 머금은 육천기의 향이 솔솔 피어올랐다. 갈라예프의 정력 불가를 깨버린 민규의 약선요리. 이번에는 뇌막염을 겨누며 테이블을 차렸다.

푸른 피를 가린 투구게와 신선의 물 육천기의 만남. 과연 구중궁궐 속에 숨은 뇌막염의 본산을 녹여 버릴 수 있을까?

짐승도 제 약 되는 건 안다. 본능이다.

어린 레오가 그랬을까? 첫 향을 들이마신 그는 찻잔에 코를 박고 살았다. 구미가 당기는 것이다. 시작이 좋았다. 몸이 원하면 효과가 높아지는 것. 투구게약선차의 향은 레오의 후각으로 들어가 뇌로 들이쳤다. 그건 마치 유도장치를 단 미사일처럼 뇌막염을 찾아갔다. 거기서 뭉게뭉게 향의 구름을 이루며 반응을 했다.

"레오……."

릴리야는 숨이 막혔다. 아이의 반응이 예사롭지 않았다, 어쩌면 갈라예프가 본 기적이 아이에게도 일어날 것 같았다.

흡흡흡.

레오의 향 시식은 계속 이어졌다. 최후의 한 올까지도 맡아 버리려는 것 같았다.

"셰프님."

릴리야의 애처로운 시선이 민규에게 옮겨왔다.

끄덕!

고갯짓으로 지지를 표시하며 두고 보았다. 레오의 머릿속 구중궁궐은 투구계약선차의 향으로 뒤덮였다. 이제는 뇌막염 혼탁이 아니라 향의 덩어리로 느껴질 정도였다. 그 반응이 치열할수록 레오의 얼굴은 희비가 교차했다. 살짝 찡그리는가 싶으면 웃었고, 웃나 싶으면 다시 구겨졌다.

릴리야는 숨조차 쉬지 못했다. 아이의 반응 하나하나가 그녀의 피를 말리고 있었다. 그러다 한순간, 레오가 귀를 쫑긋 세웠다.

어떻게 된 건가?

민규가 레오의 머리를 스캔했다. 체질을 리딩하는 상지수 창. 선명하고 투명하지만 아직 육천기 덩어리 때문에 파악하기 어려웠다. 그때 레오가 입을 열었다.

"엄마."

"……?"

"회장님이 부르세요."

"……?"

"안 들려요? 지금 부르고 계시잖아요."

레오가 창밖을 가리켰다. 릴리야가 그곳을 돌아보았다. 그러나 별다른 소리는 들리지 않았다. 회장의 거실과는 거리가 있는 까닭이었다. 그때 에바가 들어왔다.

"릴리야, 회장님이 부르세요."

"……!"

에바의 한마디에 릴리야가 굳어버렸다.

"가봐요. 몇 번이나 부르시는데……."

"정말… 회장님이?"

"그렇다니까요."

"맙소사, 레오!"

릴리야의 눈길이 아들에게 옮겨 갔다.

"내 말이 맞죠?"

레오가 웃었다. 그 웃음은 육천기의 향을 쐬기 전의 미소
가 아니었다. 생동감이 잔뜩 묻어나는 것이다.

"엄마, 또 부르시잖아?"

이번에는 레오가 일어섰다. 비실비실 위태로운 기립이 아니
었다. 다리에 힘이 제대로 들어간 것.

"레―오."

릴리야가 속삭임처럼 말했다. 레오의 청력을 확인하기 위한
거였다.

"좀 크게 불러."

"너―정―말―내―말―이―들―려?"

"당연하지."

"으악, 레오, 레오오!"

부들거리던 릴리야가 미친 듯이 아이를 껴안았다. 그제야

에바도 뭔가 일이 난 것을 알았다. 레오가 일어났고 작은 소리도 들었다. 어제의 레오가 할 수 없는 일이었다.

"셰프!"

부시코프도 다가왔다. 그는 단숨에 상황을 알아차렸다.

"릴리야……."

"셰프님이… 셰프님이 레오를 고쳐주셨어요. 혼자 일어나고 작은 소리도 들어요!"

릴리야가 오열을 했다.

"맙소사, 셰프……."

부시코프는 넋이 나간 표정이었다. 회장의 정력 회복. 그것만 해도 믿을 수 없는 일이었다. 그렇기에 요리를 하는 내내 민규의 내공에 혀를 내두르고 있었다. 그런데 이번에는 뇌막염이었다. 그것도 약선차 단 한 잔으로 끝내 버린 민규…….

"무슨 일인가?"

결국 갈라예프까지 출동하게 되었다.

"……!"

릴리야의 이야기를 들은 갈라예프, 혀를 내두르고 말았다. 레오의 뇌막염은 그도 안타까워하던 일이었기 때문.

"당신은 요리사가 아니라 요리의 신이시군, 요리의 신."

갈라예프가 엄지를 세워 흔들었다. 민규에 대한 신뢰가 한층 더 쌓이는 순간이었다.

"셰프님, 이 은혜 죽어도 잊지 않겠습니다."

"고맙습니다, 셰프님."

릴리야와 레오가 거듭 고개를 숙였다. 오열의 감정을 이기지 못한 릴리야는 목소리조차 제대로 나오지 않았다.

짝짝짝!

부시코프와 에바 등의 직원들이 도열해 박수를 보내주었다. 갈라예프도 예외는 아니었다. 뜨거운 박수가 끝나자 민규가 슬쩍 입을 열었다.

"부시코프, 제 요리는 언제 되는 거죠? 이제 슬슬 출출해지는데 말입니다."

러시아요리는 어떨까?

이제는 민규가 행복해할 시간이었다. 주방에서 나오는 풍미 덕분이었다. 다양했다. 역사적으로 러시아 셰프들은 프랑스에 요리를 전수한 스승이기도 했다. 거기에 더해 부시코프 역시 최고의 셰프 출신. 민규는 스스로 소환한 요수를 마시며 부시코프의 요리를 기다렸다.

"셰프, 오래 기다렸죠?"

부시코프가 다가왔다. 요리 복장의 그는 흰색의 높은 모자 '토크'를 쓰고 있었다. 요리사의 상징이다. 상징은 널리 알려져 있지만 전형적인 토크에 잡힌 101개의 주름에 대한 건 잘 알려져 있지 않다.

토크에 들어간 101개의 주름은 계란 조리법이다. 계란 하나로 101가지의 레시피를 구현한다는 자부심, 그게 바로 토크를 쓰는 이유의 하나였다.

시작은 흰 빵과 소금이었다. 부시코프는 눈이 시리도록 하얗게 구워낸 빵을 들고 와 민규에게 내밀었다.

"한 점을 떼어 소금에 찍어 먹으면 됩니다. 러시아에서 귀한 손님을 맞는 전통입니다."

부시코프가 말했다. 민규는 그의 말에 따랐다. 맛은 새콤하고 달았다.

빵과 소금.

한국에 밥과 국이 있다면 러시아에는 빵과 소금이 있었다. 그 빵의 맛은 필경 시고 달았다. 러시아인들에게는 고향의 맛이었다.

빵 시식이 끝나자 요리 카트들이 줄을 이었다. 요리는 전채나 메인의 구분 없이 한꺼번에 세팅이 되었다. 카트의 뚜껑이 하나하나 열리기 시작했다. 정말이지 산해진미의 향연이었다. 그 옛날 러시아 황제들의 테이블이 이랬을까? 송로버섯을 시작으로 철갑상어까지 없는 게 없는 만찬이었다.

와인 리조또.

흰 송로버섯을 올린 파스타.

슈치—양배추 절임수프.

샤실리크—큼지막하게 구워낸 양꼬치구이.

할라쩨쯔—소고기, 돼지 귀, 꼬리 등으로 만든 테린.

까비아르—철갑상어알요리

카르초—양고기와 쌀과 토마토로 만든 스튜.

펠메니—러시아 만두.

까샤—보리와 귀리에 버터를 넣어 끓여낸 죽…….

거기서 민규 눈이 멈췄다. 러시아에도 만두가 있었다. 러시아에도 죽이 있었다.

"까샤는 여러 가지 곡류로 만들 수 있습니다. 아까 셰프께서 비슷한 걸 만드셨기에 추가해 보았습니다. 여기는 햇곡식으로 나온 메밀과 수수, 귀리를 넣었습니다. 물을 더하거나 빼서 셰프의 죽처럼 만들 수도 있고 밥으로 만들 수도 있습니다."

민규의 호기심을 간파한 부시코프가 설명을 이어갔다.

"펠메니는 러시아에서 대중적인 요리입니다. 딤섬은 중국이 유명하지만 우리 펠메니도 긴 전통을 자랑하지요. 오늘은 소고기를 소로 넣고 버섯을 더해 맛의 균형을 잡았습니다. 러시아인들은 오이를 좋아하기에 더러는 오이를 넣기도 합니다."

'오이…….'

설명의 끝은 스트로가니나였다. 투명하게 조각된 얼음 위에 올려놓은 모듬회. 회 또한 살짝 언 상태에서 여러 모양을 연출해 접시 대신 쓰인 얼음과 기막힌 조화를 이루고 있었다.

"한국과 일본은 스시가 유명하지요. 이건 시베리아 북부의 요리법인데 그쪽은 굉장히 춥습니다. 생선이 잡히면 길게 잘라서 소금이나 후추 등에 재워 날것으로 먹지요. 일본이나 한국의 그것과는 조금 색다른 느낌이 될 것 같아 준비했습니다."

"굉장하네요."

"오늘 만찬은 스탈린식입니다. 전채나 메인의 구분 없이 나오는 요리 방식이죠. 슈치와 카르초는 그분이 선호했던 요리입니다. 스탈린은 독재로 유명한데 오늘 셰프의 요리 과정을 보니 그분 생각이 났습니다. 뚝심 말입니다. 제 부친께서 말씀하시길, 요리사도 뭔가 결정이 서면 스탈린처럼 밀어붙일 줄도 알아야 한다고 했거든요."

"아, 예……."

"드시는 동안 후식으로 블린과 까르또쉬까를 준비하게 될 겁니다. 블린은 얇은 팬케이크인데 캐비어를 조금 남기셨다가 얹어 먹으면 독특한 식감을 느끼실 수 있을 겁니다."

"알겠습니다."

"쁘리야뜨너바 아뻬찌따."

맛있게 드세요.

러시아 인사를 남긴 부시코프가 물러났다.

'하아!'

포크를 들고 고민을 했다. 무엇부터 먹을까? 일단은 까샤였다. 러시아의 죽 맛이 궁금했다.

'오!'

감미가 부드럽게 폭발했다. 달았다. 러시아 만두 펠메니도 달았다. 그러나 단맛 뒤에 풍후한 담백미가 올라왔다. 몸 안에 칼로리의 폭풍을 일으키는 것이다.

다음으로 흰 송로버섯이 올라간 파스타를 찜했다. 비대칭으로 높게 말아놓은 파스타 위에 듬뿍 올라간 송로버섯. 그 꼭대기에 장식된 바질잎과 올리브 반쪽에 눈이 시렸다.

'흐음……'

송로버섯의 향이 뇌수를 때렸다. 주방의 다이아몬드로 불리는 송로버섯. 아까 민규가 본 게 맞다면 무려 1㎏에 근접하는 대물이었다. 지구 최상급이라도 해도 과장이 아니었다. 잘은 몰라도 1~2억을 호가할 금액. 그러나 민규의 여덟 가지 판별은 금액에 좌우되지 않았다.

맛!

이 송로버섯의 향은 오미에 더불어 오감을 홀릴 정도였으니, 세계의 미식가들이 왜 3대 진미로 꼽는지 알 것 같았다.

러시아식의 테린도 마음에 들었다. 어떻게 보면 한국의 돼지머리 누른 고기 같기도 했지만 부시코프의 손을 거쳐 나온 요리. 후추의 생생함이 잘 녹아 있어 입안에서 사르르 녹았다.

스탈린식 만찬은 최고의 와인과 함께 끝이 났다.

"어땠나요?"

부시코프가 다가와 물었다.

"최고였습니다."

민규가 진심으로 답했다. 단맛이 강한 게 아쉬웠지만 특별히 애로가 되지는 않았다. 더구나 그는 러시아의 셰프. 러시아 전통의 맛을 보여주는 건 당연한 일이었다.

"그리고 이건……."

꼴꼴꼴!

그가 마지막으로 권한 건 보드카 한 잔이었다. 안주는 얇은 오이 위에 연어 살, 그 중심에 송로버섯을 바르고 캐비어를 몇 알 올린 일종의 카나페…….

"러시아에 오셨으니 러시아 술 한잔하셔야죠. 제 생각이지만 보드카는 역시 러시아에서 마셔야 제맛이거든요."

거절할 수 없는 멘트가 나왔다.

"그럼 같이 한잔하시죠. 제 요리를 하시느라 수고하셨으니……."

민규도 한 잔을 따라주었다. 술이든 요리든 같이 먹으면 맛이 두 배로 올라가는 법.

챙!

잔을 부딪치고 보드카를 마셨다. 배 속이 화끈해지더니 체온이 살짝 올라갔다. 발그레 변한 얼굴을 보고 부시코프가 웃었다. 그와의 거리도 바짝 좁혀지는 느낌이었다.

"오늘 셰프의 요리 시연은 정말 굉장했습니다."

차 한 잔을 놓고 부시코프와의 정담이 시작되었다.

"아닙니다. 좋은 재료들 덕분이었지요."

"그보다 더 까다로운 재료를 원하고도 실패한 셰프들이 한 둘이 아닙니다."

부시코프가 웃었다.

"그렇습니까?"

"프랑스와 뉴욕은 말한 것도 없고 남미에서 아프리카, 티벳과 북한의 셰프들까지 다들 손을 들고 갔지요. 어떤 요리사는 향유고래의 심벌을 원했고 또 어떤 요리사는 구렁이의 알을 원하기도 했습니다. 물론 자연 약초요리로 도전한 셰프도 있긴 했습니다만……."

"그건 어느 나라 셰프였죠?"

"영국에서 온 딜런이었죠. 영국왕립약초연구소에서 수년간 연구를 하기도 했던 셰프인데, 성공하지는 못했습니다."

"다른 까다로운 재료들에는 어떤 게 있었나요?"

민규는 궁금했다. 정력요리의 식재료라서 그런 게 아니었다. 민규가 모르는 식재료에 대한 호기심이었다.

"보여 드릴까요? 따로 찍어둔 자료가 있는데."

"그래 주시면……."

부시코프를 따라 일어섰다. 그의 방에서 노트북이 열렸다. 화면에 닭이 나왔다. 별로 특별하지 않았다.

"발을 보세요."

동영상의 초점이 닭의 발을 클로즈업시켰다.

"……!"

민규 눈이 휘둥그레졌다.

'공룡 발?'

"그리고……."

동영상이 바뀌었다. 이번에는 타조 비슷한 새가 보였다.

"……!"

이번에도 민규가 소스라쳤다. 그 새의 목에는 화산의 불덩이 같은 띠가 걸려 있었다.

"앞의 것은 베트남의 재래닭인 동타오라는 건데 발이 공룡의 발처럼 생겼지요. 뒤의 것은 화식조인데 목에 불덩이 같은 게 이글거려요. 동타오의 발과 화식조의 붉은 목살… 어떠세요?"

"……."

대답하지 않았다. 성공했을 리는 없었다. 그랬다면 민규가 오지 않았을 일이다.

"이걸 요청한 셰프는 베트남 출신이었는데 지금은 이 세상 사람이 아닙니다."

"……!"

여기서 또 한 번 놀라는 민규.

"공룡 발에 화산의 용암 같은 붉은 목살. 그걸로 한 번도 실패해 본 적이 없었다더군요. 심지어는 자손이 없는 노인도 죽기 직전에 합궁을 성공시켜 씨를 남기는 데 성공했다는……."

"……"

"그 자부심에 상처를 입자 베트남에 돌아간 후로 시름시름… 결국은 스스로 생을 마감했다는 기사를 보았습니다."

"……"

"그리고……."

동영상이 바뀌었다. 이번에는 한국의 고려 인삼이었다. 인삼들의 화면 뒤로 산삼이 이어졌다. 수백 년은 묵었음 직한 대물도 보였다.

"이걸 쓴 셰프도 있었는데… 이게 코리아의 진성이지요?"

"그렇습니다."

"그가 말하더군요. 이 인삼에 새우를 조합해서 정력요리로 즐긴 중국의 황제가 있다. 그 원방요리다."

"……"

"실은 이 진성에 대해 궁금한 게 많아서요."

"……"

"어떻습니까? 이 산삼이라는 거. 정말 죽어가는 사람도 살려내는 명약인가요? 사람이 재배한 건 잘 모르지만 야생에서 수백 년 자란 것의 약효는 그렇다고 하던데?"

"거기에 대한 답을 물으신다면 셰프와 식재료의 관계로 설명할 수밖에 없습니다. 같은 식재료라고 해도 셰프에 따라 천차만별의 요리가 나오지 않습니까?"

"결국 쓰는 사람의 능력이 좌우한다는 얘기로군요?"

"하지만 코리아의 자연 약재들이 좋은 성분을 함유하고 있는 것만은 틀림없습니다. 특히 산삼이 대표적이지요."

"그런데 셰프께서는 그걸 쓰지 않았죠? 그렇다면 정력과는 맞지 않는 것입니까?"

"정력은 정기와 원기, 영기와 진기를 살려야 하는 일인데 무조건 좋은 재료를 써야만 하는 건 아니기 때문입니다."

"그래도 해구신은 쓰셨지 않습니까?"

"그건 회장님의 심리를 고려한 선택일 뿐입니다. 황지룽 셰프에게도 그렇게 설명을 했습니다."

"심리적 고려라고요?"

"요리가 맛나려면 셰프에 대한 신뢰가 하나의 요소가 되는 것처럼 회장님이 신뢰하는 식재료 하나쯤은 들어가야 요리를 즐기는 데 도움이 되리라 판단한 겁니다."

"맙소사!"

부시코프가 소스라쳤다. 민규의 깊이는 측정 불가에 속했다.

"그렇다면 셰프."

"예."

"최고의 정력요리 재료로 하나만 추천하라면 무엇을 꼽겠습니까?"

"셰프는요?"

"저는 아무래도 해구신을……."

"저는 죽물입니다."

"죽물?"

"정기가 좋은 쌀로 밥을 하면 뽀얀 죽물이 생깁니다. 그걸 받아 마시면 정이 생기지요. 곡류에서는 유일하게 정을 만들어줍니다. 정액의 시작은 신장이라 할 수 있는데 그 신장 저격용 영양제거든요."

"하아, 죽물… 과연 대가들의 비기는 높은 데 있지 않군요."

"별말씀을… 좋은 재료들 잘 보았습니다. 좋은 요리 또한 감사했고요."

그쯤에서 인사를 마쳤다. 블라디보스토크와 서울의 시차는 불과 한 시간이지만, 그래도 피로가 몰려온 까닭이었다.

"죽물… 죽물……."

부시코프는 민규가 전해준 화두를 곱씹느라 바빴다.

이른 아침, 민규가 눈을 떴다. 새벽이었다. 시계를 보니 초빛에서 일어나던 그 시각이었다. 습관은 놀랍다. 동시에 고맙기도 했다. 샤워를 한 후에 정화수 한 잔을 마셨다. 정화수는 이른 새벽 처음으로 길어내는 우물물. 밤새 녹아든 별빛이 뼛속까지 맑게 하는 것 같았다. 간밤에 마신 약간의 주독도 말끔하게 씻겨 나갔다.

"⋯⋯?"

문을 열고 나오던 민규가 걸음을 멈췄다. 귀빈용 거실에 보이는 사람들 때문이었다.

"레오?"

민규가 입을 열었다. 어린 레오와 릴리야였다.

"고맙습니다, 블라가다류 바쓰."

레오의 입에서 한국어와 러시아어가 차례로 나왔다.

"레오⋯⋯."

"아이가 너무 좋아졌어요. 너무 고마워서 인사를 드리려고 아까부터 기다리고 있었어요."

릴리야가 말했다.

"이렇게 일찍요?"

"밤새 너무 잘 잤거든요. 레오가 이렇게 가뜬하게 일어난 지가 언제인지 몰라요. 실은⋯ 혹시 일시적인 현상일까 걱정했는데 이제 정말 괜찮은 거 같아요. 아무래도 셰프님께 감사를 드려야 할 것 같아서⋯⋯."

"레오."

민규가 레오와 눈높이를 맞췄다.

"Yes."

"걱정하지 않아도 돼. 그동안 나쁜 꿈을 꾼 거야. 이제 꿈에서 깨었으니 아무 걱정 없어."

민규가 영어로 말하자 릴리야가 러시아어로 옮겨주었다.

"블라가다류 바쓰."

레오가 답했다.

"몸은 어때?"

"좋아요."

다시 릴리야가 통역을 했다.

"그럼 나랑 요리 어때? 좋아해?"

"좋아해요."

릴리야의 통역이 이어졌다. 민규는 레오를 앞세워 주방으로 들어섰다.

"회장님의 특식, 그리고 레오와 엄마, 모두를 위한 특식을 만들어볼까?"

"Yes."

"릴리야, 러시아 사람들은 오이를 좋아한다죠?"

민규가 릴리야를 돌아보았다.

"네, 그렇습니다."

"고기는 양고기를 많이 먹는다고요?"

"네."

"맛은 단맛이 좋고요?"

"네."

"그럼 레오 데리고 가서 오이를 좀 골라 오세요. 러시아 사람들이 좋아하는 것으로."

"알겠습니다, 셰프님."

릴리야가 허리를 숙였다. 레오도 엄마를 따라 허리를 숙였다. 그 모습이 너무 붕어빵 같아 민규가 웃었다. 가족은 닮는다. 닥치고 진리였다.

"셰프!"

야생초씨앗을 준비할 때 갈라에프 회장이 들어섰다. 간소복 차림의 얼굴에는 홍조가 어렸다. 새벽 운동(?)을 한 모양이었다.

"실은 말이오……."

"잘하셨습니다."

회장이 운을 떼자 민규가 선수를 쳤다.

"그게… 새벽에 그놈이 잠을 깨우는 바람에… 비몽사몽 그만… 아무튼 어제는 한 번이었으니 셰프 말을 어긴 건 아닙니다."

"기분은 어떻습니까?"

"좋소. 이게 얼마 만인지……."

"죄송하지만 어젯밤 상태는 어땠습니까?"

"어젯밤?"

"여자분과 다른 침대를 쓴 건 아니겠지요?"

"그, 그렇소만……."

"아침에 관계를 한 후는요?"

"정력을 묻는 것이오?"

"그렇습니다. 이런 애로가 오기 전에는 어땠습니까? 솔직히 말씀해 주시면 고맙겠습니다."

"허엇, 이것 참… 내가 마음먹고 여자를 찜하면 저녁에 한 잔하고 나서 한 번, 그 후에 한 번, 자기 전에 한 번, 새벽에 한 번, 아침에 출근하기 전에 한 번… 보통 서너 번은……."

"오늘 새벽요? 관계를 한 후에 또 마음이 동했습니까?"

"아니오. 한 번 하고 났더니 크게……."

회장이 쑥스러운 듯 웃었다. 민규도 웃었다. 갈라예프의 심장에 대한 확인이었다. 심장의 열은 거의 내려가 있었다. 그렇다면 전처럼 미친 듯 욕망을 탐하지는 않을 일이었다.

"갯벌 흙 다시 한번 밟으시렵니까?"

"밟다마다. 그렇잖아도 그거 시켜달라고 나온 거라오."

회장의 표정은 기꺼웠다.

갯벌 판을 만들어주었다. 암염은 어제보다 조금 뿌렸다.

"오늘은 왜 돌소금이 적소? 많이 뿌려주시지……."

회장이 안달을 했다. 어제와는 대반전의 분위기. 암염을 탓하더니 그 위력을 깨달은 것. 그게 많아야 좋은 줄 생각하는 눈치였다.

"이 암염은 신장의 기를 돕고 발바닥 혈을 자극해 심장의 화기를 빼는 역할입니다. 이제는 거의 흔적뿐이라 조금만 밟으셔도 됩니다. 오늘 후로는 다시 밟지 않아도 될 것으로 봅니다."

"그래요? 거 시원섭섭한 말이구만."

회장이 걸음을 시작했다. 그의 여자 리타가 나와 회장을 거들었다.

주방으로 돌아오니 레오가 보였다. 그는 거의 부동자세였다. 그 뒤로 오이가 보였다. 10여 개였다. 민규 계산보다 적었다.

"더 많이."

민규가 보디랭귀지를 해 보였다. 영어를 잘 모르는 레오지만 눈빛으로 통했다.

다닥다다닥!

민규의 요리가 시작되었다.

—약선야생초씨앗죽, 약선장어유자씨간장구이, 궁중해삼증, 약선오골계찜, 약선새우규아상, 궁중가지느르미, 약선산양삼화전, 궁중산수유정과, 궁중오미자편, 약선무릇조청마즙.

요리는 스탈린식이었다. 어제와 달리 한꺼번에 나가는 코스 요리. 스탈린의 예도 그렇지만 갈라예프 역시 대식가 스타일이라 괜찮을 것 같았다.

야생초씨앗은 어제와 달리 구성을 바꾸었다. 마름에 뱀밥, 지부자를 좁쌀에 더한 후 구기자를 올린 것. 마름의 파스텔 톤 보랏빛에 노란 좁쌀, 그 위에 올라앉은 구기자의 붉은 빛깔은 사람들의 시선을 사로잡고도 남았다. 물은 쌀 죽물과 춘우수를 베이스로 삼았다.

대구구이 역시 소스를 바꾸었다. 이번에는 씨간장이었으니 신장을 위한 포석. 오골계 역시 보신과 신장을 위한 목적에 정력을 위한 둥글레, 부추씨 등을 더해 핵심을 잊지 않았다.

산양삼화전은 부시코프를 위한 곁들임이었다. 산양삼의 잎과 뿌리를 모두 살리고 정원에 핀 노란 꽃을 붙여 지져내니 그의 눈이 휘둥그레졌다.

나머지 요리들은 대개 정력에 관여하는 식재료들. 초자연수를 요소요소에 더해 오장의 조화를 이루게 하니 효과는 두말하면 잔소리. 식사 전, 이미 경옥고 두 알을 갈라예프 회장에게 먹였으니 그의 몸은 한 단계 더 튼실해져 있었다.

"오늘은 누구의 만찬 스타일입니까?"

테이블에 앉은 갈라예프, 기대감이 가득한 표정으로 물었다.

"오늘은 회장님을 위한 것이니 갈라예프 스타일입니다. 누구의 만찬도 흉내 내지 않았습니다."

"오, 나를 위한 만찬이라……."

"어제 부시코프 셰프님께 배웠는데 러시아에는 스탈린식 만찬이 있다고 하더군요. 회장님의 식성이나 사업 추진력도 굉장한 것 같아 한꺼번에 세팅을 했습니다. 오늘은 특별한 조건도 없으니 마음껏 드시기 바랍니다."

"내 마음대로 버전, 아주 마음에 드는 테이블이군요."

갈라예프가 바로 스타트를 끊었다. 그래도 갈라예프, 수많은 특급요리를 먹어보았기에 기본은 지켰다. 일단 씨앗죽부터 해치웠다. 그런 다음 해삼중을 먹고 오골계찜의 다리를 뜯어 먹더니 규아상에 닿았다.

"오!"

갈라예프는 한 입을 물더니 아주 흡족한 미소를 지었다. 양고기에 더해 새우와 오이가 들어간 시원한 만두, 규아상. 그 색감 또한 연둣빛이 은은히 우러나니 시선을 끌 수밖에 없었다.

"이건 거의 러시아의 맛이외다?"

갈라예프가 웃었다.

"한국 전통만두의 하나입니다. 다만 양념은 러시아식으로 했으니 나중에도 한국 요리를 기억해 달라는 제 바람이기도 합니다."

"기억하다마다요. 내 죽기 전에는 셰프의 레스토랑에 일 년에 한두 번은 꼭 들를 것이오."

"그래 주시면 영광이겠습니다."

"흐음, 역시 요리는 통한단 말이지. 통하지 않는 건 빌어먹을 이념뿐."

갈라예프, 사업가다운 말을 하고는 요리의 흡입에 열중했다.

"최고였소. 어제는 온몸에 불이 들어오는 느낌이더니 오늘은 몸이 가벼워지는 느낌이오. 이 또한 셰프의 계산이었겠지요?"

"그렇습니다."

민규가 답하자 갈라예프가 짝짝짝, 세 번의 박수를 쳐주었다.

갈라예프의 식사가 끝났으므로 다음 테이블을 차렸다. 이번에는 레오와 그 어머니, 부시코프 등을 위한 테이블이었다.

"와아!"

주방 테이블 앞에서 모두의 입이 벌어졌다.

―약선마름죽.

―궁중양고기설야멱.

―궁중규아상.

―약선앵두편.

―궁중무화과녹차편.

다섯 가지 메뉴는 색깔부터 오미를 자극했다. 마름죽의 격조 높은 옥색빛, 설야멱의 검붉은 색, 규아상의 아련한 연두에 앵두편의 요염한 빨강, 마지막으로 보석을 심어놓은 듯 세련된 무화과 녹차편까지…….

"너무 아름다워요."

부시코프를 비롯한 일동이 극찬을 했다.

규아상의 시식이 시작되었다. 소리부터 품격이 달랐다.

아삭, 아삭!

씹을 때마다 오이의 싱그러운 향이 메아리치는 규아상.

"아아, 이 맛은 차마… 기억 저편에 가라앉았던 먼 그리움이 달려드는 듯한……."

부시코프의 마름죽 맛 평은 족집게와도 같았다. 담백하면서도 아련한 마름죽 맛. 고향이거나 그리움이거나, 잊었던 푸근함을 당겨주는 것이다.

"굉장하군요. 오이 만두가 이렇게 맛있는 줄은 이제야 알았습니다. 레시피를 알 수 있을까요?"

"물론이죠. 적어놓겠습니다."

민규가 기꺼이 답했다. 레시피 따위는 비밀로 할 필요가 없었다.

가장 인기 있는 건 양고기 설야멱과 규아상이었다. 역시 러시아 사람들 입맛에 맞췄거니와 식재료의 특성 또한 최대한 살려놓은 까닭이었다. 덕분에 민규는 설야멱을 몇 번이고 더 구워야 했다. 레오 역시 세 접시나 받아먹었다. 힘들지 않았다. 내 요리를 정신 줄 놓고 먹는 손님들. 요리사에게는 최고의 보람이었다.

짝짝짝!

식사가 끝나자 박수가 오래 이어졌다. 그들 모두에게 꾸벅 인사로 답했다. 하루 만에 친해진 사람들. 요리가 만들어준 인연들. 그러나 이제는 떠날 시간이었다.

"으어어!"

"아아하아!"

갈라예프는 다시 테스트 중이었다. 비행기 시간이 되었으므로 짐을 들고 나왔다. 공항까지의 영접은 에바가 해줄 예정이었다.

"회장님께 말씀드리겠습니다."

에바가 내실을 향해 돌아섰다.

"그냥 두십시오. 방해하지 않는 게 좋지 않을까요?"

"하지만 나중에 화를 내실 텐데……."

"지금 방해받아도 화가 나실 겁니다."

"……."

"그렇지 않을까요?"

"그럴 것도 같네요. 그럼 타세요."

에바가 차를 가리켰다. 부시코프와 작별하는 동안 레오가 울먹거렸다. 민규는 아이를 당겨 가만히 안아주었다. 그사이에 눈물이 민규의 옷을 적셔 버렸다.

"저도 다음에 셰프님처럼 훌륭한 요리사가 될 거예요."

아이의 다짐을 릴리야가 통역으로 전해왔다.

"그래. 꼭 세상에서 제일가는 셰프가 되렴."

민규는 진심으로 아이를 격려했다. 숨통을 조이던 뇌막염에서 벗어난 레오. 지상의 어떤 꿈을 꾸어도 문제 될 게 없었다.

차가 정원을 나오는 동안 레오는 손을 멈추지 않았다.

"레오가 원래는 사람을 잘 따르지 않거든요. 그런데 셰프님에게만은……."

운전하던 에바가 웃었다.

공항에서 비행기 좌석을 받았다. 에바와 작별하는 순간, 공항 입구에서 요란한 사이렌 소리가 들렸다. 순간 에바의 전화기가 울렸다. 그와 동시에 경찰들이 공항 안으로 뛰어 들어왔다. 그들 뒤로 갈라예프 회장이 등장했다.

"회장님!"

통화하던 에바의 시선이 입구 쪽으로 돌아갔다. 전화를 건 사람은 회장이었다. 그는 침대 비즈니스(?)를 끝내고 나서야 민규가 떠난 걸 알았다. 결국 경찰을 앞세워 논스톱으로 달려온 갈라예프였다.

"셰프, 그냥 가시면 섭섭하지요."

그가 두 팔을 내밀었다. 민규가 포옹에 응해주었다.

"조심히 가시오. 혹시라도 비행기가 지연되거나 승무원들이 불친절하면 나한테 바로 연락하시고."

"예."

"다시 만날 날을 기대하겠소."

"예."

"그때는 어제 당신이 말하려던 운명 메신저니 전생 메신저니 하는 이야기도 열심히 들어드리겠소."

"……."

"최고였소, 당신, 이민규!"

갈라예프의 솥뚜껑 같은 손이 민규의 등을 두드려 주었다. 그는 역시 운명 시스템의 수혜자가 아닌 모양이었다. 그것도 아니면 기억하지 못하는 경우든지. 하긴 그가 운명 시스템의 수혜자고 아니고는 중요하지 않았다. 이 생에서는 이미 깊은 인연이 되어버렸으므로.

민규가 탄 비행기는 그렇게 러시아를 떠났다.

4. 경옥고 옵션

끼익!

차를 조용히 세웠다. 주방 뒤쪽의 연기 때문이었다. 외부 환기통으로 연기가 나오는 것으로 보아 뒤뜰에서 요리 중인 것 같았다. 누굴까? 무얼 하는 걸까? 재희 아니면 종규? 민규라고 해도 호기심은 어쩔 수 없었다. 민규가 자리를 비운 날, 재희나 민규는 무엇을 할까?

일반적인 주방의 모습이라면 개점휴업이다. 주인이 먼 출장이라도 갈라치면 주방 직원들은 풀어진다. 특별한 주방의 모습은 반대로 변한다. 책임 셰프가 자리를 비우면 눈빛이 더 똘망해진다. 셰프로서의 책임도 막강하거니와 이런 기회에 자신의 능력을 발휘하고 싶은 것이다.

가방을 챙겨 들고 가만히 걸었다. 주방 쪽에서 목소리가 새어 나왔다.

"된 것은 전(饘)이라 하고 묽은 것은 죽(鬻)이라 한다."

"된 것은 미(糜)라 하고 진 것은 죽(鬻)이라 한다."

"죽의 맑은 것을 '이'라 한다. 죽의 다른 말로 '호(餬)'와 '독'이 있다."

"흰죽이 가장 쑤기 어렵다. 흰죽은 늦게 추수한 쌀이 최고로 꼽히고 돌솥에 고아야 최상의 맛이 난다."

"물은 감천수, 즉 맑은 샘물을 백 번 저어 거품으로 생긴 물이다. 물 높이가 낮으면 죽 색깔이 잘 나지 않는다. 더운 솥에 참기름을 조금 쳐서 살짝 볶다가 기름기가 다 사라진 후에 물을 많이 부어 반쯤 익힌다. 거기서 퍼내어 살살 으깨 쌀알이 진흙처럼 되기 직전에 다시 참기름을 치고 고루 저어 원래 있던 죽물을 넣고 원래의 죽물이 다 사라질 때까지 끓여내면 신선의 맛이 된다."

"죽 끓이는 데 좋은 불은 땔감이나 콩깍지, 조강(粗糠)이다. 즙이 제대로 나와 죽이 저절로 맛있어진다."

"파죽(破粥)은 쌀을 굵게 부수어 체에 거른 후 가루를 버리고 끓인 죽이다. 병자에게 가장 좋다."

"죽은 유쾌하고 아름다운 묘미가 깃든 신효한 맛이다."

"멥쌀은 보중익기하고 건비화위하니 오장을 보하고 위장과 근골을 튼튼하게 하여 진액을 채워준다. 참기름 또한 자보오장하며 양위윤조하니 오장을 보하고 위를 자영시켜 건조함을 윤택하게 만들어준다. 고로 멥쌀과 참기름은 시너지의 시너지를 창출한다."

'거승죽(巨勝粥)……'

민규는 냄새로 죽의 정체를 알았다. 작은 의자를 들고 가소리 없이 자리를 잡았다. 군불을 때는 사람은 종규였고, 옆에는 재희가 있었다.

다행히 둘의 복장은 요리복이었다. 연습에 연구를 하는 건 기특한 일이지만 아무 옷이나 입고 하면 화가 났을 일. 보는 사람이 없음에도 격식을 갖추고 연습을 하는 게 보기 좋았다.

"야, 맛이 어때?"

화력을 잔뜩 줄인 종규가 물었다.

"이쪽이 더 좋은 거 같아."

재희가 두 솥 중의 하나를 가리켰다.

"으아, 역시… 거승은 아홉 번 찌고 아홉 번 말려야 하는구나. 일곱 번 하니까 표가 나네."

함께 맛을 본 종규가 고개를 저었다.

여기서 말하는 거승은 검은깨였다. 아홉 번 찌고 말린 것을 멥쌀에 더해 죽으로 쑤어내면 오장의 허실을 달래고 기력을 올려준다. 본초강목에도 나오는 기록이었다.

"어머!"

맛을 보던 재희가 소스라쳤다.

"왜?"

"셰프님 오실 시간 지나지 않았어?"

"어, 정말… 언제 이렇게 시간이 갔지?"

"빨리 치우자. 혼나기 전에……."

"잠깐, 일단 내가 전화를……?"

고개를 들던 종규가 그대로 얼어붙었다. 그 시야에 민규가 들어온 것이다.

"형."

"어머, 셰프님."

놀란 재희도 숟가락을 떨어뜨리고 말았다. 민규는 시치미를 떼고 다가와 종규 손의 숟가락을 받았다. 그런 다음 거승 죽을 맛보았다.

"중간에 물 더 넣었지?"

핀셋 지적이 나왔다. 죽은 물이 중요하다. 물을 적게 잡으면 중간에 새 물을 넣는다. 죽맛을 잡치는 지름길이었다.

"이쪽은 흑임자의 껍질을 제대로 다 벗기지 않았고……."

두 번째 죽 그릇도 민규의 칼날을 피하기는 어려웠다.

"……."

"하나는 10점, 하나는 40점."

"에, 짜다……."

종규가 볼멘소리를 냈다.

"감점 요인 말이다. 다시 평가해 줘?"

"응? 감점 요인이 10점이면 90점?"

의미를 깨달은 종규가 발딱 고개를 들었다.

"이거 말고 또 뭐 해본 거냐? 삼두음 냄새도 나고……."

삼두음은 녹두와 적두, 흑대두에 감초를 넣어 끓인 죽. 그 것 말고 살구에 산약 냄새도 섞여 있었다.

"청모죽하고, 복령죽, 육선죽에 진군죽까지 해봤어."

민규 짐작이 맞았다. 육선죽에는 산약이 들어간다. 진군죽 은 살구를 쓰는 죽이었다.

"가져와 봐."

"다 먹었는데?"

"증거 인멸?"

"그건 아니고……."

"좋아. 이건 나 주려고 한 거냐? 아니면 너희들 먹으려고 한 거냐? 보아하니 할머니는 퇴근하신 거 같고……."

"마음에 들어? 그럼 얼른 준비해 줄게."

종규 목소리에 신바람이 붙었다.

"대체 언제 왔대? 왔으면 말을 하지……."

야외 테이블에서 종규가 구시렁거렸다. 민규는 거승죽을 먹는 중이었다.

"나는 예정대로 왔거든. 못 본 건 너희들이 무관심한 탓이고."

"무관심은 아니지. 요리에 열중하느라……."

"죽 공부 중이었냐?"

민규가 재희를 바라보았다.

"네."

"봄 여름 가을 겨울… 제철 죽 한번 읊어봐라."

"……."

"왜? 돗자리 펴주니까 하기 싫어?"

"아, 아뇨. 봄은……."

재희의 암송이 노랫소리처럼 퍼지기 시작했다.

"봄은 산약죽에 무좁쌀죽, 산약해인죽이 좋고, 여름은 녹두죽에 죽엽죽, 하엽죽이 좋고, 가을에는 참깨죽, 창이죽, 호두죽, 겨울에는 대추좁쌀죽, 양고기죽이 좋다."

"제법이네?"

"잘했어요?"

"그래. 특히 자세가 좋았다. 옷도 그렇고 땔감도 그렇고… 연습이라고 해서 아무렇게나 차려입고 껄렁껄렁했더라면 둘 다 잘라 버렸을 거야."

민규가 화덕 쪽을 돌아보았다. 나무와 마른 콩깍지, 조강 등이 보인 것이다. 연습은 가스 불에서도 할 수 있다. 그게 편하다. 그러나 모든 요리가 그렇듯 죽 역시 불맛을 빼놓을 수 없었다. 가스 불과는 비교 불가의 존엄이 있었다.

"헤헷, 경옥고 만들면서 힌트 좀 얻었지. 그래서……."

종규가 얼굴을 붉혔다.

"아무튼 죽에 대한 원형을 공부하는 자세는 좋았다. 맛도 이 정도면 합격점이고."

민규는 둘의 좋은 면을 높이 사주었다.

"와아……."

재희 눈에 감격이 넘치는 게 보였다.

"재희."

민규가 봉투 하나를 꺼내놓았다.

"이거 저번 방송 출연료다. 내가 러시아 일이 바빠서 깜빡하고 갔어."

"세프님, 저는 보조였는데 무슨 출연료요?"

"보조가 아니라 부세프였거든."

"그래도요……."

"300만 원이야. 아버지가 굉장히 많이 밀어주신다면서? 작은 선물이라도 사드리라고."

"300만 원요?"

재희 입이 쩌억 벌어졌다.

"적어?"

"아뇨. 세프님, 저 이 돈 못 받아요."

"왜?"

"그냥요. 그냥 있으면 괜찮을 거 같은데 돈 받기 시작하면 언젠가 그만두라고 하실 거 같아서……."

"그럼 언제까지 열정 페이 할 건데? 그러다가 다른 사람들이 알면 나보고 갑질 셰프라고 할 거 아냐?"

"누가 그래요? 그럼 내가 그 사람 그냥 안 둬요. 셰프님이 저한테 어떤 사람인데요?"

재희 목소리가 확 올라갔다.

"아무튼 이거 받으면 계속 와도 되고, 안 받으면 진짜 그만 오라고 할지도 몰라."

"셰프님……."

"그러니까 빨리 받아 들고 가. 그래야 내일 아침에 또 일찍 올 거 아냐?"

"셰프님……."

"쓰으……."

"알았어요. 고맙습니다."

재희가 인사를 하고 물러났다.

"샘나냐?"

재희가 멀어지자 민규가 종규를 바라보았다.

"내가 왜? 나는 출연도 못 했는데……."

"하긴 그렇네. 아깝다. 네가 나갔으면 네가 300만 원 버는 건데……."

"흐음, 다음 기회에는 내가 나가면 되지."

"호, 자신이 있다는 말씀?"

"나도 겁나거든. 계속 재희한테 밀리면 내가 잘릴까 봐."

"짜식, 이거나 열어봐라."

민규가 통장을 던져놓았다.

"어억!"

종규가 거품을 뿜고 넘어갔다. 계좌 입금액 때문이었다. 갈라예프는 약속을 지켰다. 그의 500만 불이 똘망하게 입금되어 있는 것이다.

"이, 이거… 동그라미가 대체… 하나, 둘, 셋, 넷……."

종규는 몇 번이고 단위를 확인했다. 50억대의 금액은 열 단위 숫자의 존엄을 반짝이고 있었다.

"우어어!"

결국 또 한 번 넘어가고 마는 종규.

"이것도 받아라."

민규가 다른 통장을 건네주었다.

"이건 또 뭔데?"

"확인해 보면 알지."

"1억?"

통장을 확인한 종규가 고개를 들었다. 얼마 전에 만들어두었던 종규 통장이었다.

"네 돈이다."

"나?"

"그래. 너도 따로 돈이 있어야지."

"퇴직금이야? 나 잘리는 거야?"

"농담하지 말고. 이번에 네가 고생해서 만든 경옥고가 큰 힘이 되었어. 그렇잖아도 형이 통장에 종잣돈 좀 꽂아주려고 했었는데 이번 기회에 받아놔라."

"내가 무슨 돈이 필요하다고?"

"남자든 여자든 성인이면 돈이 있어야지. 안 그러면 어깨에 힘 빠진다."

"형."

"기왕에 꽂힌 돈이니까 관리 잘해라. 대신 허튼 데 쓰면 그냥 안 둔다."

"형……."

"재희하고 너, 그동안은 부정기적으로 돈을 줬지만 이제 곧 정식 월급도 챙겨줄 생각이다. 그러니까 더 열심히 배워."

"아, 진짜… 러시아에서 뭐 잘못 먹고 왔어?"

"잘못은 아니지만 먹기는 많이 먹었다. 러시아 전통요리부터 최고급요리까지."

"킹크랩은?"

"앗, 그러고 보니 그걸 못 먹었네?"

"정말?"

"다시 다녀올까?"

"형……."

"아무튼 재미난 경험이었다. 배운 것도 많았고……."

"중국과 일본의 셰프들 궁극기는 뭐였어?"

"중국은 모기 눈알과 호랑이 거시기, 일본은 진액 분자요리?"

"호랑이 거시기? 그런 것도 있어?"

"러시아에 호랑이가 꽤 있잖냐? 갈라예프 회장 정도면 구하는 데 어렵지 않은가 보더라. 다음에 여기 오신다고 했는데 너도 하나 부탁할까?"

"내가 그걸 왜?"

"그게 있잖아? 크기가……."

"됐고. 일본 분자요리는 또 뭐야?"

"아, 그 여자는 식재료의 핵심 성분을 자유자재로 추출해서 요리에 응용하더라. 굉장했어."

"형이 최상급 식재료에서 가장 좋은 성분 부분을 추리는 것처럼?"

"그것도 과학적으로."

"요리는 과학보다 정성이지."

"뭐 그렇긴 하지만 대단하더라. 역시 세상은 넓더라니까."

"그런데 우리 형 어쩌냐? 수십억을 벌고 왔지만 한국에서는 또 한국대로 사람들이 줄을 섰으니."

"예약 많이 밀렸냐?"

"예약도 예약이지만 이규태 박사님……."

"박사님이 오셨었어?"

"전화가 몇 번 왔어."

"뭐라고 하셨는데?"

"그냥 형 언제 돌아오냐고……."

"경옥고 때문일 거다."

"경옥고?"

"내가 박사님에게 공언을 했잖냐? 경옥고 한번 책에 나오는 대로 원방으로 만들어보겠다고."

"준다고 약속했어? 나 그거 다시 안 만든다."

"짜식, 그렇게 힘들었냐?"

"당연하지. 나 10년은 늙은 거 안 보여?"

종규가 이마를 밀어 주름살을 만들어 보였다.

"걱정 마라. 한 알 남았으니까 그거 드리면 될 거다. 내가 전화 걸게."

"알았어. 그럼 나는 목욕물 받아놓을게."

"이야, 1억 쏘니까 서비스가 확 달라지는데?"

"그럼 형이 직접 받든가?"

"아, 아니야. 땡큐, 땡큐!"

황급히 마무리를 한 민규, 이규태 박사의 번호를 눌렀다. 나이 드신 분, 너무 안달복달을 하면 병이 생길 일이었다.

"박사님, 저 이민규입니다."

30분쯤 지났을까? 욕조에 몸을 담그고 있을 때 종규가 욕실을 노크했다.

"형!"

"급하면 손님 화장실로 가."

민규가 답했다. 단둘이 사는 내실이지만 가끔은 이럴 때가 있었다. 응가 타임으로 인해 괄약근 조이기가 힘들 때, 공간이 좁은 옥탑에서는 그 좁은 화장실에서 민규는 샤워하고 종규는 응가를 할 때도 있었다. 형제 사이니까 가능한 일이었다.

"그게 아니라 이 박사님이 오셨어."

"응?"

느긋하게 릴렉스를 즐기던 민규가 상체를 세웠다. 이규태 박사, 원방 경옥고가 그토록 궁금한 모양이었다.

"셰프님."

민규가 나가자 이규태가 반색을 했다. 그는 어둠이 내린 연못가에서 수은등이 잠긴 수면을 보던 중이었다.

"차라도 한잔 드릴까요?"

"아유, 아닙니다. 내가 늙은이 조바심에 달려오기는 했는데 오다 보니 이것도 결례 같아서……."

"별말씀을… 앉아계십시오. 연자차 한잔 내오겠습니다."

"그럼 염치없지만 한 잔 더……."

"누가 또 옵니까?"

"그러게요. 저만큼이나 셰프님 경옥고에 관심이 있는 사람이 또 있다 보니……."

이규태가 웃었다. 그 웃음 뒤로 또 한 대의 자가용이 들어서고 있었다. 그런데… 그 차는 스포츠카였다. 최신 스포츠카에서 내린 사람, 놀랍게도 민규 또래의 젊은 귀공자였다. 나이 지긋이 든 사람 정도로 생각하던 민규가 확 깨는 순간이었다.

공민준입니다.

직업은 카레이서입니다.

경옥고 마니아입니다.

포뮬러1 챔피언을 노리고 있습니다.

아버지는 S대학병원 의국장입니다.

그의 소개가 이어지는 동안 민규는 넋을 놓고 있었다. 한번 빗나간 예상이 자꾸만 멀어져 버린 것. 아버지는 대한민국 최고 병원의 최고 직급 의사. 그런데 아들은 그 대칭점에 선 한방의 비방으로 꼽히는 경옥고 마니아?

부조화.

그 단어가 뇌수를 쪼았다.

민규가 이규태를 돌아보았다. 이규태는 태연히 연꽃차만 홀짝거렸다.

경옥고와 공진단.

양방의 시각으로는 그리 긍정적이지 않았다.

세상에 그런 약이 어디 있어?

다 구라야.

그런 시각들이 지배적인 까닭이었다.

"좀 이상한가요?"

연꽃차를 받아 든 공민준이 민규를 바라보았다.

"아닙니다. 한의학 하시다가 양의학으로 편입하시는 분도 보았고 양의 하시다가 그만두고 한의 하시는 분도 있으니까요."

"바로 그겁니다. 셰프님도 지난번 방송에서 그런 거 선보이지 않았습니까? 요리는 체질이다. 토마토만 먹어도 당뇨가 올라갈 수 있다. 뭐 아버지가 의사라고 아들까지 한방 멀리하라는 법은 없죠. 아버지는 아버지고 저는 접니다."

공민준의 신념은 명쾌했다.

"……."

"박사님은 완전 먼 산 모드입니까? 솔직히 경옥고 처음 선보이신 게 박사님 아닙니까? 그때는 3박 4일 동안 다 토하기만 했지만……."

공민준이 이규태를 대화 속으로 끌어들였다.

"그때 자네 부친한테 호되게 당했지. 대체 애한테 무슨 약을 쓴 거냐고. 당장 그 약 제출하지 않으면 경찰에 고발하겠다고 말이야."

이규태가 입을 열었다.

"그런데 그게 참 신기하죠. 아버지가 있는 병원에서 3일 동안 토하기만 하고 아무것도 못 먹었는데 박사님이 아버지에게 넘겨준 경옥고가 보이는 거예요. 그게 또 미치게 땡겨요. 그것 때문에 3일이나 뒤집어졌는데 손이 가더라고요. 그래서 아버지 몰래 또 먹었는데…….."

"……."

"결과, 궁금하지 않으세요?"

공민준이 웃었다. 초면이지만 화끈하면서도 서글서글한 성격이 마음을 끌었다.

"기운 백배, 의지 백배… 그 후의 대회에서 처음으로 우승을 먹었습니다. 멀어만 보이던 챔피언도 그때부터 사정권에 들어왔죠. 바로 경옥고 신봉자가 되었지요. 제 운명인지 신기하게도 경옥고 약발이 잘 받더라고요. 경옥고 맛도 저절로 알겠고요. 이제는 아버지도 그러려니 하십니다."

"대단하시네요."

"아버지도 그러세요. 한방 그거 다 인정 안 하지만 경옥고만은 인정해야겠다고."

"예……."

"저 친구가 대한민국 경옥고 최고의 감평가일 겁니다. 웬만한 한의사의 경옥고는 다 먹어봤을 텐데 그 각각의 특징을 귀신처럼 짚어내요. 마치 전생에 경옥고 원방 창시자라도 되는 듯."

이규태가 부연을 보태놓았다.

"그래서 경옥고에 대한 문헌도 달달 외우고 다니는데 박사님 말씀이 이번에 셰프님께서 사소한 것까지 원방 조제법으로 만드신다고 그래요. 그래서 구경이라도 할까 싶어서 달려왔습니다. 서두르느라 과속 측정기에도 두 번쯤 걸린 것 같습니다."

"……."

"내가 저지른 일이니 내가 총대를 메야겠군. 셰프님, 혹시 그 경옥고 구경 좀 가능할까요?"

이규태가 본론을 까놓았다.

"그게……."

"어이쿠, 나보다 먼저 냄새 맡은 사람이 있습니까? 그럴까 봐 계속 체크하고 있었는데……."

"그게 아니고… 러시아에서 꼭 필요한 사람이 있어서 말입니다. 그분 약선요리에 쓰고 왔더니……."

"진짜 낭패로군요. 원방 먹은 소감이라도 듣고 싶은데 러시아까지 쫓아갈 수도 없고……."

"딱 하나 남기는 했습니다만."

민규가 경옥고 한 알을 꺼내놓았다.

"……!"

그걸 본 이규태의 눈에 힘이 빡 들어갔다. 공민준은 더욱 그랬다.

"이거……."

"필요하시면 박사님이 쓰셔도 됩니다. 하지만 달랑 한 알뿐이라……."

"오오, 과연……."

티슈로 경옥고를 감싼 채 집어 든 이규태. 원방의 포스에 압도되었다. 수없이 많은 경옥고를 만들어본 이규태. 그러나 이처럼 상서로운 느낌을 주는 명품은 처음이었다.

"향부터 다르군요. 가히 원방입니다."

"별말씀을… 그저 뽕나무 가지부터 잡소리 방지까지… 문헌에 충실했을 뿐입니다."

"뽕나무 잔가지… 그것조차 구현을……?"

"요리로 생각했습니다. 완벽한 요리는 전체의 조화가 중요하지요. 작은 하나라도 어긋나면 제 맛을 살리기 어렵습니다."

"그렇군요. 한약도 하나의 요리로 생각한다… 과연 거기 길이 있었던 모양입니다."

"저도 좀 봐도 될까요?"

공민준의 조바심이 이규태를 졸랐다.

"아, 그러시게나."

이규태가 경옥고를 넘겨주었다. 공민준의 눈빛은 한없이 진지했다. 냄새도 맡고 가까이에서도 살펴보고… 그의 관찰은 거의 현미경 분석 수준이었다. 그러던 중…….

"엇!"

경옥고를 지켜보던 이규태가 비명을 질렀다. 공민준, 만지작거리던 경옥고를 낼름 삼켜 버린 것.

"......!"

황당하기는 민규도 마찬가지였다. 설마 먹을 줄은 몰랐던 것이다.

"하아!"

공민준이 깊고 깊은 날숨을 쉬며 맥을 놓았다. 지켜보던 민규가 초자연수를 소환해 건네주었다. 어차피 먹어버린 경옥고. 양기를 북돋고 경락을 열어주는 열탕으로 작용을 도왔다.

"아하아!"

물을 마신 공민준의 날숨은 더 길게 늘어졌다. 민규의 체질 창 리딩이 가동되었다. 공민준은 신체 건강한 대한민국 남자였다. 다만 비장에 독특한 압박 같은 게 느껴졌다. 민규로서도 처음 보는 반응. 하지만 큰 문제는 아닌 것 같아 넘겨 버렸다.

이제 그의 변화가 궁금했다. 경옥고에 감수성이 예민한 남자. 그는 정말 경옥고발일까?

보였다.

그의 오장육부와 육기의 반응…….

열탕과 함께 공민준의 오장에 활력을 더하고 있었다. 약 기운이 퍼지면, 오장이 빛을 더하고, 약 기운이 닿으면 황폐한 곳들에 생기가 돌았다.

그런데 공민준도 민규 못지않은 간절함으로 반응을 음미하고 있었다. 민규, 이토록 진지한 감상자는 처음이었다. 맹세코 미각의 달인 루이스 번하드에게서도 보지 못한 애절함이었다. 눈꺼풀 안에서 초연하게 움직이는 눈동자, 그걸 따라 자연스레 미각을 더듬는 혀, 거기에 더해 고개의 각도까지…….

"아아, 동쪽으로 난 뽕나무 가지의 불맛을 맞아 자연스레 녹아난 약재들, 숨결 하나하나의 조합, 자신을 버리고 새로운 약성으로 거듭난 신성……."

감상평이 나왔다.

"……!"

민규는 그의 감상평에 홀릴 지경이었다. 이토록 진지하고, 세밀한 반응은 본 적이 없었다. 흡사 그 자신이 스스로 경옥고의 재료가 되어 과정을 겪은 듯한 평이었다. 게다가 동쪽 뽕나무 가지까지 알고 있다니…….

"대박이군요."

잠시 후 그의 몸서리가 멈췄다. 무아지경에서 깨어난 그는 그제야 자기 정신으로 돌아온 듯싶었다.

"아, 죄송합니다. 제가 경옥고 맛에 홀리다 보니……."

그제야 당혹스러운 표정을 짓는다. 뻔뻔함은 아니었다. 경옥고에 쏠리다 보니 자신도 모르게 나온 행동. 그러나 물은 이미 엎질러진 상황. 엎질러져서 그의 오장에 다 흡수되어 사라진 상황…….

"뭐라고 말씀드려야 할지……."

그는 미안한 마음에 뒷말을 잇지 못했다.

"됐습니다. 기왕 이렇게 된 거 천천히 느낌이나 말해보시죠."

민규가 웃었다. 진지한 감상만으로도 위로는 되었다. 귀한 식재료는 임자가 있는 법. 한 알 남은 경옥고 환은 그의 몫인 것만 같았다.

"약효는……."

그가 이규태를 돌아보았다. 이규태를 의식하는 눈치였다.

"괜찮네. 솔직하게 말씀하시게나. 내 경옥고가 돌팔이급이라고 해도 탓하지 않을 테니."

이규태가 멍석을 펴주었다.

"그럼 염치 불고하고… 목을 넘어가는 순간부터 차원이 다르더군요. 매 과정 동안 서기가 느껴진다고나 할까요? 그런 다음 몸 안에 활기를 부어놓은 듯… 근육마다 맺힌 피로감에 다림질을 해 쫙쫙 눌러준 느낌이었습니다. 이건 100% 원방보다도 나은 것 같습니다."

"자네가 이따금 말하던 그 상상 속의 원방 말인가?"

"그렇습니다. 하지만 이건 실체입니다."

"오늘도 황당하군. 자넨 나한테서 처음으로 경옥고를 먹어봤다고 했는데 그 경험은 대체 어디서 온 걸까?"

"말씀드렸지 않습니까? 저도 모른다고. 다만 막연한 데자뷔라고."

데자뷔?

민규가 그 단어를 만지작거렸다. 그의 전생은 경옥고 전문 한의사라도 되는 걸까? 아니면 무의식중에 일어나는 설명 불가의 불가사의?

"내 경옥고하고는 어떤가?"

이규태가 확인에 들어갔다.

"그게……."

"글쎄, 괜찮다니까."

"솔직히 말씀드리면 박사님 차와 제 차의 차이 정도… 이건 비교 불가의 신성이었습니다. 배 안에 서광이 든 듯 활력이 쫙쫙쫙!"

"……."

"아무튼 죄송합니다. 토해놓을 수도 없으니 제가 값을 치르겠습니다. 100만 원이면 되겠습니까?"

공민준은 민규의 처분만을 바랐다.

"아닙니다. 보아하니 그 약의 임자이신 것 같습니다. 그러니 돈은 필요 없습니다. 약의 퀄리티가 좋다니 저도 기분 좋고요."

"그러면 미안해서……."

"경옥고도 요리로 생각하고 만든 것이니 박사님의 지인분에게 좋은 요리 한 접시 대접했다고 생각하면 됩니다."

"박사님."

공민준의 시선이 이규태에게 옮겨 갔다.

"나는 오늘 투명인간이니 자네가 하고 싶은 말 다 하시게."

"그래도 되겠습니까?"

"아니면? 할 말 못 하고 가면 끙끙 앓아누울 게 아닌가? 그렇게 잘 받는 경옥고라니……."

"그럼 셰프님."

이번에는 민규를 바라보는 공민준.

"말씀하시지요."

"저도 요리 주문할 수 있습니까?"

"뭐 오늘은 안 되는 날이지만 이렇게 오셨으니… 뭘로 준비해 드릴까요?"

"굳이 오늘이 아니어도 괜찮습니다."

"그렇다면 어려워하실 필요 없습니다. 손님은 왕 아닙니까?"

"그건 아무거나 파는 가게 말이죠. 특별하거나 희귀한 걸 파는 가게에서는 그 입장이 반대로 바뀝니다."

"뭐 그럴 수도……."

"제가 주문하고 싶은 요리가 있습니다."

"뭐죠?"

"경옥고요."

그가 한마디로 말했다.

"……?"

"셰프님의 원방 경옥고를 한 번만 만들어주십시오. 그것도 아니라면 원방의 경옥고가 들어간 요리라도 좋고요. 조금 전에 먹은 경옥고는 환상적이지만 간에 기별만 오다 만 느낌입니다."

공민준이 일어나 허리를 접었다.

"······."

"제가 이번 대회가 너무 중요합니다. 실은 캐나다 여자를 좋아하는데 올해 대회에서 챔피언 먹으면 청혼을 받아준다고 했습니다. 하지만 지난번 대회 때 큰 사고를 당하면서 약간 의기소침한 상태입니다. 그래서 박사님 경옥고를 받아먹고 있는데… 박사님께는 죄송하지만 셰프님 경옥고를 양껏 먹으면 꼭 우승할 각이라는 예감이 듭니다."

경옥고 신봉자 공민준, 민규에게 거듭 고개를 숙였다.

"흠흠!"

입장이 난처한 이규태, 헛기침으로 사태를 모면했다.

"셰프님."

공민준의 시선은 민규에게서 떨어지질 않았다. 그는 정말 경옥고의 광신도처럼 보였다.

"아까 경옥고에 대한 데자뷔를 말씀하시던데 좀 더 들을 수 있을까요?"

"아, 그거요? 그건 저도 몽롱한 이야기라서······."

'몽롱?'

"실은 제가 초기 F1 데뷔 시기 때 초대형 사고를 당했거든요. 그때 4개월 정도 의식이 없었는데 운명의 메신저들인지 뭔지가 꿈에서 그래요. 너는 전생에 약으로 위인들을 구한 적이 있어 재생의 기회를 주겠다고. 그러고는 무슨 운명의 퀘인가를 설파하면서 저하고 잘 맞는 약을 만나면 운이 제대로 트일 거라고… 그러면 업그레이드 기회가 올 테니 그걸 잡으라고……."

'운명 메신저?'

공민준의 말이 끝나기도 전에 민규의 고개가 발딱 일어섰다.

"그렇게 되면 제가 원하는 쪽으로 행운이 열릴 거라고 하더군요."

"혹시 한문 같은 건?"

"한문요?"

"예. 그 무의식중에……."

"한문이라면… 아, 있습니다. 龍生頭角 然後登天(용생두각 연후등천)이요."

"……!"

"용의 운명을 주지만 머리의 뿔, 즉 두각은 제게 맞는 약의 업그레이드 버전에서 얻을 수 있다고 했습니다. 혼자 해석하기로는 경옥고의 업그레이드를 만나면… 용 머리에 뿔이 나니 마침내 승천하리라!"

"……!"

"지금까지 경옥고를 제외하면 그 어떤 영양제나 보약도 제대로 맞는 약이 없었거든요. 그런 차에 셰프님 경옥고를 보니 그 생각이 들었습니다. 업그레이드 버전… 그래서 더욱……."

"龍生頭角 然後登天……."

"셰프님도 아시는 한문입니까?"

"제가 알기로는 그런 한문은 대개 두 명의 사자들이 전한다고 들었습니다만……."

"두 명… 아. 그러고 보니 두 명이 맞습니다. 한 사람이 말하면 그 옆에 뭔가 스산하면서도 신성불가침의 느낌을 주는 사람이 또 있었습니다."

"……!"

"두 사람이 지금 무슨 말을 하는 건지……."

듣고 있던 이규태가 어깨를 으쓱해 보였다. 하지만 민규 귀에는 들어오지 않았다.

운명 시스템.

그리고 환생 메신저와 전생 메신저.

공민준은 민규처럼 운명 시스템의 수혜자가 틀림없었다. 그 수혜자가 업그레이드 버전의 경옥고를 원하고 있었다.

러시아에서는 빗나갔던 예측. 그러나 난데없는 장소에서 등장한 운명 시스템 수혜자. 민규의 몸에 시린 얼음이 맺히기 시작했다.

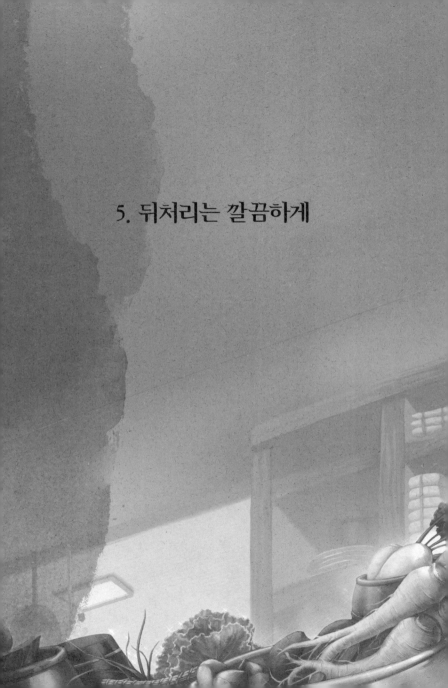

5. 뒤처리는 깔끔하게

[인류 운명 수정 시스템입니다.]

[7,595,889,206억 명의 현생 중에서 수련현자의 장바구니 수정여의주 획득 대상자 759,588분의 1 확률을 뚫고 인생 수정 특권 수혜자로 선택되었습니다.]

[운명 수정 특권을 부여받을 수 있습니다.]

[당신에게 부여될 행운 괘는 다음과 같습니다.]

吉星照門 貴人相對(길성조문 귀인상대)

陰陽和合 萬物化生(음양화합 만물화생)

길성이 문에 비치니 귀인과 대면한다. 고귀한 이들을 만나 큰 도움을 받게 되리라.

음양이 화합하니 만물이 화생한다. 안과 밖에서 화합하니 매사 형통하리라.

민규의 기억 하나가 소용돌이를 쳤다. 한없는 나락 속에서 허우적거리던 때, 민규는 오토바이 사고와 함께 운명의 궤를 만났다. 그때 운명 시스템을 만나지 않았더라면 어떻게 되었을까? 제일 먼저 종규 생각이 났다.

어쩌면.

어쩌면 종규.

이미 이 세상 사람이……

아닐지도…….

혈관에 얼음이 들어온 듯 서늘해지면서 뇌수가 띠잉 울림을 울렸다.

쏜빙빙에 이어 두 번째 기묘한 만남, 공민준.

운명의 궤 옵션에 분명, 다른 운명 시스템 수혜자들을 도와야 한다는 말은 없었다. 그럼에도 동병상련이 되는 건 동질감 때문인지도 몰랐다. 천천히 그의 체질창을 리딩했다.

체질 유형—木형.

담간장—우수.

심소장—우수.

비위장─양호.

폐대장─양호.

신방광─우수.

포삼초─우수.

미각 등급─B.

섭취 취향─평식.

소화 능력─A.

"가장 선호하는 요리가 뭐죠?"

오랜 침묵 끝에 민규의 입이 열렸다.

"제가 좋아하는 건……."

"……."

"팥죽입니다만."

팥죽.

용기식을 먹었던 회계법인 팀장과 같은 요리였다. 뭔가를
꿈꾸는 사람들은 심장이 중요하다. 그다음은 비장. 그래서 요
리도 통하는 걸까?

"해드리죠. 약선경옥고새팥죽에 약선칠면조요리. 공 선수
체질에는 칠면조도 잘 어울리거든요."

"정, 정말입니까?"

"대신 비용은 세게 받을 겁니다."

"그건 문제없습니다. 차를 팔아서라도 내겠습니다."

"다음 월요일에 연락드리겠습니다. 경옥고를 제대로 아는 분이니 다시 원방으로 만들어야 할 판이네요. 월요일 시간을 비워두시기 바랍니다."

"고맙습니다. 고맙습니다."

대답하는 공민준의 목소리는 감격으로 가득했다.

"이 셰프님……."

공민준이 먼저 떠나자 이규태가 민규를 바라보았다. 궁금한 게 많은 표정이었다.

"제가 체질을 볼 줄 알지 않습니까?"

민규가 앞서 나갔다.

"……."

"그러다 보니 부수적으로 아련한 예감 같은 게 들 때가 있습니다. 그걸 이야기한 것뿐입니다."

"이해가 됩니다. 체질을 읽어내는 혜안… 그런 혜안이라면 그럴 수도 있겠지요."

"돌연 엉뚱한 대화를 나눠 죄송합니다."

"아닙니다. 나야 짐을 덜어 좋지요. 그렇잖아도 허구한 날 경옥고 동향을 묻는 친구라서……."

"이번에도 많이 만들지는 않을 겁니다."

"……."

"그래도 박사님께는 맛을 보여 드리도록 하겠습니다."

"어이쿠, 그 말 안 나올까 봐 진이 다 말랐습니다."

"그럼 진액에 좋은 약수라도 한 잔 더 올려야겠군요."

"아닙니다. 셰프님도 피곤할 테니 그만 가겠습니다."

이규태도 일어섰다.

"형……."

차가 멀어지자 종규가 다가왔다.

"미안하다. 한 번 더 수고해 줘야겠다."

"으, 거액까지 받는 차에 싫다고 할 수도 없고……."

종규가 몸서리를 쳤다.

"종규야."

민규가 종규 어깨에 두 손을 짚었다. 정면이었다.

"왜?"

이미 울상이 된 종규. 경옥고를 만드는 과정의 어려움을 겪어본 까닭이었다.

"방금 그 사람, 겉보기에는 멀쩡하지만 반드시 경옥고를 먹어야만 해. 아니면 어려움에 빠질지도 모르거든."

"진짜?"

"그러니까 우리가 살려내야지. 이번 식사만 제대로 하면 큰 꿈을 이룰 사람이야. F1의 전설이 될지도 모르지."

"형……."

종규의 표정이 풀어졌다. 그 자신이 불치의 병을 앓았던 종규. 그렇기에 그런 사정은 잘 이해하고 있었다.

"부탁해!"

민규가 손바닥을 내보였다.

"알았어. 형이 그렇다는데야 뭐……."

짜악!

종규가 민규의 손바닥에 하이 파이브를 작렬했다. 청명한 소리는 어둠을 타고 스멀스멀 퍼져 나갔다.

*　　　　*　　　　*

루이스의 전화가 온 건 이틀 후였다. 아침 약선죽 손님의 물결이 빠져나가고 손 피디를 기다릴 때 민규의 전화가 울렸다.

—이 셰프!

그의 목소리는 싱싱한 오이를 깨물 때 나는 소리만큼이나 청량했다.

—러시아 일은 대박을 냈다고요?

"루이스의 얼굴에 먹칠을 하는 망신은 간신히 면했습니다."

—무슨 소리예요? 에바 말이 존엄 그 자체였다고 하던데?

"그럴 리가요? 겨우겨우……."

—어허, 제가 정보 다 수집했습니다. 갈라예프 회장뿐만 아니라 거기서 일하는 분의 아들까지도 구해주고 오셨다는 거.

"우와, 빠르시네요."

—당연하죠. 갈라예프 회장의 감사 전화도 받았는데요.

"그랬군요."

—덕분에 제 어깨에도 힘이 좀 들어갔습니다. 갈라예프 회장의 공치사도 많이 들었고요.

"좋은 기회 주셔서 감사합니다."

—아무튼 잘 다녀오셔서 다행이고요, 혹시 저랑 하신 약속 기억하십니까?

"호기심 많은 별 둘 셰프 말씀입니까?"

—아, 기억하고 계시군요?

"그럼요. 누구하고의 약속인데요."

—제가 통화했더니 바로 비행기 티켓 구한다고 하더군요. 어쩌면 이번 주 내로 한국에 들어올지 모릅니다.

"그렇게 전격적으로요?"

—이 친구가 어디 누가 좋은 요리 한다고 하면 잠을 못 자거든요. 이번에도 제가 소개한 거라 그렇지, 그가 먼저 들은 소문이라면 느닷없이 찾아왔을지도 모릅니다.

"……."

—그때까지는 저도 한국에 있을 거 같은데 혹시 같이 가도 될는지요?

"언제든 환영입니다."

—그럼 다시 연락드리겠습니다.

루이스 번하드가 전화를 끊었다.

"형, 황 사장님한테 물건 왔어."

종규가 주방으로 들어섰다.

"그래?"

"내일 아침에 시작이야?"

"그래. 좀 부탁한다."

민규가 웃었다. 경옥고 문제였다.

"알았어. 저 윗집 할머니에게 다녀와야 하지? 개 호텔……."

"미안하다고 잘 설명하고."

"그리고 손 피디님 오셨어."

"그래? 알았다."

손을 닦고 마당으로 나왔다. 차에서 손 피디가 내리고 있었다. 그와 동행한 건 김혜자 간사였다.

"말씀 많이 들었습니다."

야외 테이블 앞에서 그녀가 말했다.

"이렇게 오시게 해서 죄송합니다."

민규가 그녀를 맞았다.

"별말씀을요. 저도 실은 약선요리에 관심이 많아 한번 뵙고 싶던 차인데 이렇게 좋은 일까지 해주신다니 뭐라고 말씀드려야 할지……."

"손 피디님."

민규가 손 피디를 바라보았다.

"셰프님 뜻은 제대로 전달했습니다. 절대 비밀, 절대 보안!"

손 피디가 웃었다.

김혜자 이사장은 초록초록 어린이재단 설립자. 오늘 부른

건 기부금을 내기 위한 초청이었다. 러시아에서 거액을 받은 민규. 절반을 잘라 기부를 할 생각이었다. 그러나 이런 재단들의 폐해를 아는 민규. 그 분야에 정통한 방송의 힘을 빌렸다. 손 피디에게 SOS를 친 것이다.

손 피디는 발 벗고 나섰다. 그쪽 프로그램을 맡았던 동료에게 물어 가장 양심적이고 능동적인 재단을 물색했으니 바로 '초록초록 어린이재단'이었다. 이 재단의 설립자는 바로 김혜자의 부친. 그가 죽자 딸인 김혜자가 뒤를 이었다. 다른 재단과 달리 김혜자는 '이사장'이라는 말도 쓰지 않았다. 그는 아무런 타이틀도 없이 오직 어린이를 돕는 사업만을 궁리했으니 발로 뛰는 '간사'라는 말 외에 다른 직함도 내세우지 않았다. 거기에 초록초록 재단의 사업 목표도 민규의 마음을 끌었다.

우리 어린이부터!

그녀의 목표는 내실이었다. 언젠가부터 사람들의 관심이 먼 외국으로 옮겨 갔다. 아프리카나 제3세계 국가의 빈민촌들. 그 처참한 실상을 '마구' 보여주면서 동정심을 사고 기부를 유도했던 것. 그런 단체나 재단들의 공격적인 홍보 때문에 김혜자처럼 국내 후원을 하는 단체들은 오히려 어려움에 처했다.

"250만 불입니다."

민규가 기부 증서를 건네주었다.

"……!"

김혜자와 손 피디의 입이 쩍 벌어졌다.

"셰프님."

손 피디의 눈빛이 튀었고, 민규의 손이 입술로 올라갔다. 쉬잇, 그 손짓이었다.

"하지만 이건……"

"적다는 겁니까?"

"말도 안 됩니다. 상상외의 거액이잖아요?"

"그래도 수혜받는 아이들 입장에서는 쪼개고 또 쪼갠 돈이 주어질 것이니 그리 많은 돈은 아닐 겁니다."

"우워어어어… 저는 솔직히 몇천만 원 정도 생각했는데……"

"저도요……"

손 피디의 생각에 김혜자도 동조를 했다.

"기부에 액수가 중요하나요? 큰돈을 내면 큰 대우를 받고 적은 돈을 내면 무시를 받는 건가요?"

"그거야 아니지만, 이 셰프님이 재벌도 아니고……"

"김 간사님."

민규가 김혜자를 바라보았다.

"예?"

"그냥 말없이 받아주십시오. 그리고 앞으로도 영원히 아무 말 없이 받아주십시오. 제가 원하는 건 이 돈이 정말 필요한 아이들에게, 정말 필요한 타이밍에 쓰였으면 하는 것뿐입니다."

"셰프님……"

"그럼 그만 돌아가시죠. 식사는 다음에 조용할 때 한번 대접해 드리겠습니다. 곧 사람들이 몰려올 시간이고, 그럼 혹시라도 듣게 될지도……."

"셰프님……."

"그럼 부탁합니다."

"이 돈… 목숨 걸고 바른 일에 쓰겠습니다. 저희 직원들 경비나 허튼 일에 단 한 푼도 새지 않고 오직 어려운 어린이들을 위해서만… 제 선친의 명예를 걸고 약속드립니다."

김혜자의 눈가에 이슬이 서렸다. 그 이슬이 맑아 기분이 좋았다.

"아, 진짜 이 셰프님은… 요리도 요리지만 그 마음… 아, 진짜……."

손 피디는 말도 제대로 잇지 못하고 차에 올랐다.

부릉!

그의 차가 나갔다.

부릉!

손님들의 차가 밀려왔다.

기부의 감격과 전율은 거기까지였다.

"재희야, 1, 2, 3번 조리대 불 당겨. 2번 오븐에 스위치 On 하고!"

민규가 주방을 향해 소리쳤다.

자글자글.

보글보글.

자작자작.

요리의 연주가 시작되었다. 육류와 어류는 깊은 향미를 뿜었고, 채소와 산나물들은 향긋한 향취를 뿜었다. 주방은 대자연의 합창터였다. 이 안에서 대자연의 맛들이 작품으로 되살아났다. 거기 첨가되는 천연 감미료와 발효액들. 그 건강함에 피와 살이 환호를 하는 것만 같았다.

민규에게 하루는 늘 짧았고 예약은 늘 넘쳤다. 어쩌다 노쇼가 뜨는 날, 실시간으로 예약을 풀어놓으면 전광석화처럼 사람이 몰렸다.

군 입대의 선착순 클릭, 대학 강의 신청의 선착순 클릭보다 빨랐다. 어떤 날은 실시간 검색어 상위권을 차지하기도 했다.

초빛 예약.

초빛 펑크 테이블 예약.

초빛 테이블 예약 비법.

때로는 웃지 못할 비법도 나왔다.

1) 24시간 초빛 온라인에 로그인해 둔다.

2) 빈 테이블 알리미가 뜨면 광속 클릭 한다.

3) 영업이 끝나는 저녁 시간을 특별히 주목한다.

4) 그래도 안 되면 컴을 뽀개 버린다.

5) 뽀갠 컴을 들고 초빛으로 가서 읍소한다.

6) 아니면 말고.

그걸 본 민규가 피식 웃었다. 더 열심히 요리를 해야 할 이유였다.

"고맙습니다."

"잘 먹었습니다."

저녁 예약 손님들이 하나둘 일어서기 시작했다. 그들 무리에 디자이너 안드레 주가 있었다. 세 명의 후배를 거느리고 왕림한 그녀. 창작의 샘이 콸콸 솟는다며 좋아했다. 그녀에게도 민규는 하나의 위로이자 즐거움이었다.

"셰프님, 다음에 또 봐요."

안드레 주가 손을 흔들며 멀어졌다.

"재희야, 마지막 테이블 약선차 준비하자."

주방으로 들어서며 재희를 불렀다. 이제 안에 남은 테이블은 하나였다. 바로 그때, 차량 한 대가 거칠게 마당에 들어섰다.

"예약 남았냐?"

민규가 종규를 바라보았다.

"아니!"

종규가 고개를 저었다.

"그럼 뭐지?"

민규가 내다보는 사이에 두 남자가 가까워졌다. 한 사람은 100킬로그램에 가까운 거구였다.

"죄송합니다. 영업 끝났습니다."

종규가 입구에서 그들을 맞았다.

"됐고, 여기 이민규라고 있지?"

50대 초반의 남자가 종규를 밀치며 들어섰다.

"뭐죠?"

주방의 민규가 그들을 바라보았다. 느낌이 좋지 않은 사람들이었다.

"어쭈? 이 친구 봐라? 남의 대박 건수 가로채고는 완전 생까네?"

50대의 남자가 냉소를 뿜었다.

"대박 건을 가로채요?"

"왜? 찔리냐? 내가 가기로 한 러시아 재벌 정력요리, 니가 중간에 낚아채서 다녀왔다며?"

"……?"

"내가 다 알아봤거든. 하도 열받아서 달려왔는데 어디 한번 솜씨나 좀 보자. 대체 얼마나 실력이 좋길래 남의 일까지 가로채는지."

두 남자는 멋대로 빈 테이블을 차지해 버렸다. 돌연한 상황에 재희와 종규가 긴장하기 시작했다.

"이봐요. 대체 무슨 말을 하는 건지……."

"아, X발… 젊은 놈이 말귀 못 알아듣네. 우리 형님이 가기로 한 거 니가 중간에 가로챘잖아? 똥물에도 파도가 있다고 우리 형님 때문에 거액 벌었으면 최소한 예의는 표시해야 할 거 아냐? 하다못해 공사 입찰 판에서도 일정액의 커미션은 주는 거 몰라?"

거구의 사내가 테이블을 치며 으름장을 놓았다.

"당신들, 대체 누굽니까?"

민규가 테이블 앞으로 다가섰다.

"나? 팔공산장 황실요리 전문가 배명선."

50대가 썩소를 뿜으며 응수했다.

'배명선?'

"아직 젊은 친구가 이런 싸가지 모드로 살면 되겠어? 남에게 내정된 자리를 이 따위로 새치기하다니 말이야. 러시아, 에바, 갈라에프 회장!"

텅!

배명선이 티켓 한 장을 꺼내놓았다. 블라디보스토크행 비행기표였다. 비행기표를 본 민규가 차분하게 입을 열었다.

"그래서요?"

그래서?

뭐?

민규의 포스였다.

"그래서라니?"

텅!

배명선이 다시 테이블을 내리쳤다.

"미안하지만 행동 삼가세요. 그 자리는 제 손님들을 위한 테이블입니다."

"뭐라고?"

배명선의 눈알에 핏발이 섰다. 하지만 그의 사정일 뿐이었다.

"용건이 뭡니까?"

"용건? 방금 우리 형님이 말했잖아? 젊은 놈이 싸가지 쌈밥 싸 먹었나? 남의 자리에 그렇게 꼽사리 끼어도 되는 거야?"

덩치의 협공이 나왔다.

"용건, 제가 묻고 있습니다."

민규의 눈에도 핏발이 섰다. 여기는 약선요리왕의 영지. 허투루 농락당할 위엄이 아니었다.

"이 친구가 그래도 말귀를 못 알아듣네?"

덩치가 자리를 박차고 일어섰다.

"그럼 말귀 알아듣게 경찰을 부를까요?"

민규에게는 추호의 흔들림도 없었다. 그 기세에 눌린 배명선, 슬그머니 덩치를 진정시켰다.

"일단 앉아."

"에이, 씨양……."

덩치는 이를 갈며 자리에 앉았다.

"다시 묻습니다. 용건이 뭡니까? 할 말 없으면 나가주십시오."

민규가 둘을 닦아세웠다.

"100만 불!"

배명선이 속내를 열었다.

"그게 뭐요?"

"그건 내 돈이었어. 그런데 네가 채 간 거지."

"무슨 근거로 그런 말을 하는 겁니까?"

"근거?"

냉소를 뿜은 배명선이 명함 한 장을 꺼내놓았다. 에바의 명함이었다.

"……!"

"에바… 너도 그 여자를 만났겠지. 네가 그 여자를 후린 건지 아닌지는 모르지만."

"말씀 삼가세요."

"아아, 아무튼 말이야. 그 여자가 나를 찾아와 딜을 했었거든. 블라디보스토크에 가서 러시아 가스 회사 회장의 거시기에 불이 들어오는 요리를 해주면 100만 불을 주겠다고."

"……."

"그리고 이 티켓까지 나에게 주었지. 그런데 불과 1주일 정도를 앞두고 취소 전화가 왔어. 연기도 아니고 취소."

"……."

"그 순간 어떤 놈이 중간에 장난을 쳤구나, 하고 직감했지. 그런데 그게 너였다."

"나는 장난친 적 없습니다."

"아, 이… 쓰벌 놈이 증거가 똘똘한데 어디서 개구라 를……."

"박 사장, 좀 조용히 해봐."

덩치가 폭주하자 배명선이 주의를 주었다.

"아니면 이걸 어떻게 설명할 건가? 왜 내가 내정된 자리에 네가 간 거지?"

"그걸 내가 왜 설명해야 합니까? 정 궁금하면 에바에게 전 화를 걸어보면 알 것 아닙니까?"

"해봤지."

"……."

"그쪽의 설명은 간단했어. 예정이 바뀌었습니다."

"그에 관한 해명도 그쪽에서 들었어야 하는 것 아닙니까?"

"그 설명은 네가 해줘야겠어."

배명선의 눈에서 불꽃이 튀었다. 단단히 벼르고 온 게 틀림 없었다.

"미안하지만 나는 할 말이 없습니다."

"러시아에서 성공했다며?"

"그래서요?"

"2할 토해."

"뭐라고요?"

"에바는 어차피 나 때문에 한국에 온 거였어. 그리고 내 요리를 맛본 후에 내정을 했고. 그런데 느닷없이 네가 내 길을 막은 거야. 그러니까 도의적으로 2할 정도는 게우라고."

"당신이 갔으면 성공했을 거라고 생각합니까?"

"이봐. 너 털어봤더니 대령숙수 흉내를 내더라고."

"흉내?"

"대령숙수가 별건가? 그게 그렇게 대단해? 기껏해야 왕의 요리 오 분 대기조잖아?"

"이봐요."

"그럼 이렇게 하자고. 지금 나랑 한판 붙는 거야. 그래서 내 실력이 입증되면 2할 토하고 네가 더 위대하면 조용히 돌아가 주지. 개인정."

배명선의 딜이 나왔다. 자신에게 주어진 기회를 민규가 가로챈 것으로 오해하는 배명선. 작심하고 왔으니 쉽게 물러설 것 같지도 않았다.

"나는 당신을 모릅니다. 하지만 여기까지 왔으니 기회는 드리지요. 실력을 입증하면 한번 고려해 보겠습니다."

"뭐야?"

"싫으면 나가는 문은 저쪽입니다."

민규가 문을 가리켰다. 칼자루는 결코 놓지 않았다.

"좋아. 세상 물정 모르는 애송이에게 요리의 진수를 보여주지."

배명선이 일어섰다.

"필요한 재료가 뭡니까?"

"너처럼 꼴값에 개폼은 잡지 않아. 단지 소고기나 양고기 한 근이면 된다. 빌려주겠나?"

"그러죠. 다만 효과가 나지 않으면 양고기값에 더불어 주방 대여료까지 치르기 바랍니다."

"그런 일은 없을 거다."

배명선은 오싹한 냉소를 뿜었다.

종규가 양고기 한 근을 가져왔다. 그 손목을 배명선이 잡았다.

"어떤가? 내가 데려온 저 박 사장, 사실은 교통사고로 척추 신경을 다쳐 발기불능이 되는 바람에 온갖 병원을 헤매다 나를 만났지. 진단서도 가지고 있다. 내가 단 한 접시의 요리로 밤의 즐거움을 안겨준 후로 나를 교주처럼 따르고 있지만 내가 데려온 사람이니 믿지 않겠지. 그러니 시식은 이 친구도 함께 시켰으면 한다."

배명선이 민규에게 말했다. 틀린 말은 아닌 것 같아 그의 청을 받아주었다.

"따라와라."

그는 고기에 소금과 후추를 곁들이고는 마당으로 걸었다.

"따라오라고 했잖아?"

마당에 내려선 그가 종규를 향해 소리쳤다.

"푸얼!"

어깨를 으쓱한 종규가 마당으로 나갔다.

"여기 박 사장이 하는 대로 따라 하거라. 대충 하면 우리 박 사장이 화가 날지도 몰라. 인생 대충 사는 인간들을 경멸하거든."

배명선이 종규를 떠밀었다. 박 사장이라는 덩치는 웃옷을 벗어던지고 호흡부터 골랐다.

"어이, 이게 원래는 해 뜰 때 하는 거야. 하지만 밤에 해도 효과는 제법 있으니까 잘 따라 해라. 동쪽은 청기(靑氣), 서쪽은 백기(白氣), 남쪽은 적기(赤氣), 북쪽은 흑기(黑氣), 그리고 하늘 한 가운데를 보며 황기(黃氣) 흡입… 마시는 것보다 내쉬는 게 중요해. 몸 안의 찌꺼기를 다 밀어낸다는 생각으로 후우웁!"

덩치가 네 방위를 보며 심호흡을 했다. 나름 진지했다. 그걸 본 민규의 미간이 확 좁혀졌다.

'육천기?'

육천기를 본뜬 기식(氣食)이었다. 동서남북, 그리고 하늘의 기를 먹는 것이다.

"젊은 놈들은 의심이 많을 테니 설명을 해야겠지. 저게 바로 오색기식(五色氣食)이라고 천지 사방의 건강한 기를 골라 먹는 것이다."

배명선의 설명이 나왔다. 그러나 설명이 없어도 알고 있었다. 육천기를 다루는 민규. 모를 리가 없었다.

"기의 통로를 활짝 열고 오색기식을 하면 온몸에 기가 통하게 된다. 백 가지 잡병을 예방하고 기력을 올려주지. 정력이야 두말할 것도 없고……."

"……."

"성불구자도 저 오색기식이면 끝장이지만 만에 하나 안 되면 왼쪽 눈을 감고 오른쪽 눈으로 햇빛을 받아먹는 복기법(服氣法)에 새벽이슬을 먹는 복로법(服露法)이면 완벽하다. 물건 달린 놈치고 예외 따위는 없어."

"……."

"박 사장, 서울 공기는 좀 안 좋으니까 평소보다 조금 더 하라고."

배명선, 덩치에게 다짐을 두고 주방으로 돌아섰다.

"이민규!"

주방의 그가 민규를 불렀다.

"이게 뭔지 아나? 대령숙수에 약선요리, 궁중요리… 온갖 호칭을 다 붙였으니 실력 좀 볼까?"

그가 식재료 하나를 꺼내 보였다. 제법 단단해 고체처럼 보이는 응고물. 어쩌면 오래 방치해서 단단해진 경옥고처럼도 보였다. 민규의 여덟 판별법이 출격을 했다.

배명선의 응고물.

뭘까?

산삼의 농축액이라도 되는 걸까?

아니면 정력에 좋다는 몬도가네식 식재료의 정수를 추출한 걸까?

"……!"

한 꺼풀, 한 꺼풀 벗겨가던 민규가 숨을 멈추었다. 그건 이슬의 응고액이었다.

이슬!

그게 응고가 될까? 의문이 들겠지만 답은 '그렇다'였다. 특히 가을이 그렇다. 오래오래 증류하면 이슬 속에 맺혔던 미세한 먼지나 입자들이 엿을 닮은 고체처럼 모인다. 그걸 기수고 본환이라고 불렀다.

'고본환(固本丸)……'

이는 성력(性力)을 길러주는 처방의 하나였다.

"가을 이슬이군요."

민규가 답했다.

"오!"

고기에 칼집을 넣던 배명선이 고개를 들었다. 제법이라는 표정이었다.

"그래도 완전히 날라리는 아니로군. 추로(秋露)를 맞춘 건 네가 처음이다."

그가 웃었다. 민규는 웃지 않았다.

"그럼 이건 어떤가?"

나름 고무된 그가 또 하나의 재료를 꺼내놓았다.

'석영……'

이번에는 한눈에 알았다.

법제된 석영.

수정으로도 불린다. 동의보감에서는 흰색과 자주색만을 약재로 사용한다. 본초강목에서는 자수정이 백수정의 약효보다 5배 정도 강하다고 언급한다. 효과는 경옥고에 버금갈 정도로 많지만 이런 경우에는 요신견강(腰腎堅强), 간단히 말해서 성능력 강화용이라고 할 수 있었다.

석영을 약재로 쓰는 건 일종의 유감주술(類感呪術)에 속했다. 약선요리에서는 이류보류(以類補類)가 된다. 어떤 사물이나 현상에 대한 모방을 통해서 유사한 결과를 끌어내는 것이니, 체내에 부족한 것을 다른 동물의 같은 것으로 보충하려는 기대가 담겨 있었다.

그렇기에 석영은 음경처럼 '연골'로 이루어진 재질에 6각의 '원통 형태'를 지니고 있다. 약효 또한 신장의 원기를 보한다는 의미에서 그 바람을 엿볼 수 있었다.

배명선.

과연 에바가 수소문해서 찾을 만했다. 오색기식으로 정기를 올리고 고본환과 영험한 수정으로 시든 음경에 물을 채울 수 있다면 그의 큰소리만큼이나 좋은 결과가 나올 수도 있었다.

하지만!

민규의 기대감은 거기까지였다. 석영 속에 섞인 다른 성분들을 엿보게 된 것이다.

자글자글!

양고기는 제대로 익어갔다. 스테이크 솜씨도 나쁘지 않았다. 고기는 레어와 미디움의 중간으로 익었고, 표면은 균등하게 익도록 불도 제대로 다뤘다.

씨익!

완성된 스테이크를 살짝 덮은 그가 민규에게 회심의 미소를 날렸다. 고기 자체의 온도로 조금 더 익히는 것까지도 완벽. 어쨌든 그도 제대로 배운 셰프임에는 틀림이 없었다. 남은 건 소스였다. 그는 비장의 무기(?)를 더해 특제 소스를 만들었다.

가을 이슬 고본환과 수정의 법제가루.

민규의 주방에서 골라낸 천연 양념에 유자청을 살짝 가미하니 그 풍미 또한 특급 스테이크에 뒤지지 않았다.

두 접시의 스테이크가 나왔다. 스테이크 중앙에 산수유가루를 뿌리고 당근과 오이 조각을 올려 마감하니 허술한 곳은 없었다.

"시식 시작할까?"

그의 눈빛은 의기양양했다.

"어흐, 이 풍미… 배 셰프님 요리는 맛과 효과가 둘 다 완벽하단 말이죠. 서울 온 김에 오늘 밤 강남 룸살롱 한번 원정 갈랍니다."

덩치 박 사장이 스테이크를 퍼 넣기 시작했다. 종규는 그닥 내키지 않는 얼굴로 포크와 나이프를 잡았다.

"종규는 잠깐 기다려라."

민규가 제동을 걸었다.

"왜? 자신이 없나?"

배명선이 깐죽 도발을 해왔다.

"족보 없는 약선을 쓰시는 분이니 결과 보고 먹어도 늦지 않지요."

민규도 맞도발로 받아쳤다.

"뭐야? 족보 없는 약선? 어이, 박 사장, 신호 안 와?"

배명선이 확인에 들어갔다.

"웬걸요? 벌써 불 들어왔습니다. 보십시오."

그가 테이블에서 일어섰다. 사타구니에 큼지막한 수정 덩어리를 넣은 듯 우뚝 텐트를 친 모습이 보였다.

"어때? 즉방즉효. 나, 너희들처럼 구구하게 주둥아리로 요리하는 사람이 아니야."

"그렇게 좋은 요리라… 그럼 이것까지 다 먹으면 어떻게 될까?"

민규가 종규의 스테이크를 덩치에게 밀어주었다.

"이봐."

배명선의 눈에 쌍심지가 켜졌다.

"이것까지 다 먹어도 문제가 없으면 당신에게 제의했다는 100만 불의 2할에 해당되는 20만 불을 안겨주지. 하지만 거기까지는 가지 않는 게 좋을 거야."

"이놈이 무슨 헛소리야?"

"당신이 더 잘 알 텐데?"

"뭐야? 어이, 박 사장, 이놈 말 들었지? 그거 먹어 치우고 20만 불 받아서 강남 한번 가보자고. 물이 얼마나 좋은지 나도 구경 좀 하게 말이야. 비용은 내가 쏘지."

"어이쿠, 그러신다면……."

박 사장이 종규의 접시를 집어 들었다. 심장이 후끈해진 덩치. 반근에 해당되는 스테이크를 순식간에 작살내 버렸다.

"자, 실물로 적나라하게 확인시켜 주마."

자리에서 일어난 박 사장이 지퍼를 내렸다. 그리고 그의 사각팬티 안에서 우람해진 물건이 막 공기를 받는 찰나…….

"욱!"

박 사장이 가슴을 쓸어 쥐며 무너졌다.

"어이, 왜 그래? 왜?"

놀란 배명선이 박 사장을 부축했다.

"가, 가슴… 가슴이…….."

박 사장은 심장을 쥐어뜯으며 거품을 게워 올렸다.

"종규야."

민규가 눈짓을 했다. 종규가 박 사장에게 물을 먹였다. 토하는 역류수였다. 우엑우엑, 토악질이 몇 번 있고서야 박 사장은 겨우 위기를 넘겼다. 두 번째 먹인 건 지장수와 방제수였다. 해독에 더불어 심장의 안정을 가져다주었다.

"이… 이거?"

지옥문에 들어섰다가 나온 박 사장이 민규를 바라보았다.

"당신, 심장이 별로 안 좋아. 그렇지?"

민규가 묻자 고개를 끄덕이는 박 사장.

"그래서 비아그라 먹으면 안 돼. 아니, 혹 먹더라도 의사가 처방한 한도 내에서 조심스레 먹어야지. 그 정도는 알지?"

또다시 고개를 끄덕이는 박 사장. 식겁을 한 탓인지 그는 민규의 카리스마에 압도되어 있었다.

"그거 알면서 비아그라를 폭풍 흡입 하면 되겠어, 안 되겠어?"

"비아… 그라? 내가 언제?"

가련한 눈빛의 박 사장의 민규를 바라보았다.

"그건 당신이 딸랑거리는 여기 황실요리사에게 물어보면 되겠지."

"……?"

박 사장의 시선이 배명선에게 옮겨 갔다.

"아, 아니야. 내가 왜?"

배명선이 주춤 물러섰다. 하지만 더는 움직이지 못했다. 민규가 퇴로를 막아버린 것이다.

"증거는 여기 남은 소스. 내 말이 틀린지는 이거 가지고 가서 검사해 보면 돼. 이 소스가 바로 비아그라 가루 덩어리거든."

"……!"

민규의 폭로에 배명선이 자지러졌다. 그사이에 종규가 배명선의 가방을 들고 나왔다. 그걸 털어내니 비아그라 알약 한 통과 가루 한 통이 나왔다. 천연 양념을 가장해 첨가한 가루. 비아그라가 분명했다. 여덟 가지 판별법으로 눈치를 챈 민규. 주방을 정리하는 척하면서 배명선의 재료 확인을 끝낸 후였다.

"오라? 그러니까 당신이 오색기식이니 수정요법이니 하면서 사실은 비아그라를 잔뜩 먹였다?"

사태를 파악한 박 사장이 배명선을 잡아챘다.

"아, 아니… 그게 아니라……."

"아니면? 저건 다 뭔데?"

"박 사장, 저건 그냥 오늘만 쓰려고……."

"닥쳐, 이 쓉쉐리야. 안 그래도 네 요리 먹으면 고추는 서는데 심장이 좀 덜컹거려서 병원 한번 가려 하면 쌍수를 들고

뒤처리는 깔끔하게 211

반대하더니 그런 꼼수가 있었구나. 이게 알고 보니 선무당에 잡사기꾼이었네?"

퍼억!

덩치의 주먹이 배명선에게 작렬했다. 하필이면 민규의 발밑까지 날아와 개구리처럼 뻗어버리는 배명선.

"너 어디 좀 뒈져봐라. 너 나 알지?"

퍼억!

"아이고, 셰프, 좀 말려주시오. 저놈이 말만 사업가지, 알고 보면 양아치 건달 출신이라……."

쫘악!

애걸하는 배명선의 얼굴에 따귀를 안겨주는 민규.

"……!"

"당신, 러시아에 안 가길 잘한 줄 알아. 만약 거기서도 구라 요리에 비아그라 가루로 떡칠을 했다면 벌써 블라디보스토크 앞바다에 던져져서 해삼 밥이 되었을 테니까."

"셰프……."

"이건 양고기값하고 주방 사용비. 이의 없지?"

민규가 그의 지갑에서 20만 원을 뽑아냈다. 마무리는 또 한 번의 통쾌한 마찰음이었다.

쫘악!

이번에는 왼쪽 볼을 얻어맞은 배명선. 넋이 나간 듯 입도 열지 못했다.

"몰라봬서 죄송합니다. 인사는 이 인간부터 처리한 후에 나중에 하도록 하겠습니다."

흥분한 박 사장이 배명선을 차에 구겨 넣었다.

"아이고, 제발 경찰 좀 불러줘요. 이놈이 나 진짜 팔공산 계곡에 던져 버릴지도 몰라요."

배명선의 비명은 차와 함께 멀어졌다.

"결론은 비아그라?"

종규가 쓴웃음을 지었다.

"그런 셈이지."

"그럼 오색기식과 수정은 또 뭐야? 그거 다 개구라야?"

"그것 자체가 개구라는 아니지만 저 사람은 애당초 그걸 다룰 능력이 없었어. 그저 일종의 신비감 조성과 신뢰를 위한 주술적 악용이라고나 할까?"

"그나저나 비아그라 무섭네? 그 덩치 물건이……."

"왜? 너도 시험하게 해줄 걸 그랬냐?"

"됐고. 가서 뽕나무 가지나 고르세요. 동쪽으로 자란 것들만 떼게 할 거잖아?"

종규가 민규 등을 밀었다.

6. 옵션 클리어

하르르.

불길이 일었다. 뽕나무 잔가지의 출격이었다. 첫 햇살이 강물을 비출 때 새로운 경옥고 제조에 착수했다. 아침 햇살을 받고 자란 동쪽 잔가지들은 남은 어둠을 밀어내려는 듯 불길을 토해냈다. 뽕나무 가지의 불길 하나하나가 신성이었다. 어찌 가스 불에 비할 것인가?

5일.

긴 여정이었다. 기계식 중탕기에 넣고 시간만 지나면 되는 일에 이런 생고생을 자처한다. 그러나 민규는 알고 있었다. 약재든 요리든 정성을 들이지 않고는 최고의 작품이 나오지 않는다는 것.

"부탁해."

종규의 어깨에 힘을 실어주었다.

"걱정 마."

종규의 눈에서 결의가 반짝 빛났다. 아침 햇살처럼 맑은 눈빛이었다.

5일.

종규에게는 인내의 시간이었지만 그래도 시간은 흘러갔다.

스릉!

5일 후에 민규가 뚜껑을 열었다.

화아악!

탕제 안에서 맑은 기운이 밀려 나왔다. 산삼이 품은 대자연의 신비와 장엄함이 녹아나고, 지황과 복령의 천기와 지기가 어울렸다. 연밀은 그들의 촉매. 약재의 숙성 과정은 작은 천지 창조와 다르지 않았다. 마침내 존엄 어린 검은 고로 변한 여러 약재들. 온갖 정성으로 더하고 빼기를 마친 경옥고는 서광까지 서려 있었다.

"수고했다."

민규가 종규에게 말했다.

"뭘."

종규가 겸손하게 웃었다.

환을 만들었다. 산삼의 양이 좀 되었으므로 30여 환이 나왔다. 좋은 산삼의 확보는 황창동 사장 덕분이었다.

"먹어라."

첫 환은 종규에게 주었다. 5일간 정성을 바친 데 대한 상이었다.

"나는 이런 거 안 먹어도 되는데?"

"먹어. 맛 공부를 하라고 주는 거야."

민규가 쐐기를 박았다. 종규가 입을 벌렸다. 그 목을 타고 경옥고가 녹아들었다. 종규의 몸 안에 피어나는 서기(瑞氣)가 느껴졌다. 부드러운 봄 아지랑이의 속삭임처럼, 하늘하늘 상큼한 원시 초원의 바람처럼 경옥고는 종규의 우주 안으로 잘도 퍼져 나갔다.

"어때?"

"몸이 개운해. 5일간의 피로가 다 풀린 것처럼."

"그렇지?"

"병 주고 약 주고가 이런 건가?"

"응?"

"며칠 동안 피곤하게 만들고 다시 풀어주고……."

"푸훗, 짜식!"

민규가 종규의 어깨를 당겼다. 탕기 안에서 완벽한 조화를 이룬 경옥고처럼 형제의 케미는 최상이었다.

"으어억, 이게 바로 말로만 듣던 그 신비의 원방?"

황창동 사장, 경옥고 두 알을 받아 들고 몸서리를 쳤다. 경옥고를 보여주기 위해 주문한 약재를 직접 가져오도록 부탁한 민규였다.

"아끼지 말고 드세요."

민규가 초자연수를 내주었다. 원래 인삼이 들어가는 처방이라 그런지 마비탕에 열탕을 섞은 물이 잘 어울리는 경옥고였다. 마비탕 역시 생삼의 정기를 고스란히 간직한 물, 나아가 열탕은 경락을 열어주는 까닭이었다.

"헤헷, 이건 우리 마누라 줘야지. 안 그래도 요즘 갱년기라고 바가지 박박 긁어대거든."

황창동, 경옥고를 소중하게 챙겼다.

"사장님도 알고 보면 애처가시군요?"

"아니, 공처가라네. 이 나이 먹으면 다 그래. 마누라가 편해야 집안이 조용하거든."

"그럼 그건 사모님 드리고 이거 드세요."

민규가 다시 두 알을 내밀었다.

"아니야. 이 귀한 걸… 산삼값에 원방 비결까지 더하면 한 알에 백만 원 받아도 모자랄 것 같은데……."

"돈으로 치면 천만 원 받아도 모자라죠. 진짜 원방이거든요. 선약을 달이는 데 필수 약수인 상지수까지 들어간……."

"우어어, 상지수……."

황창동이 또 한 번 자지러졌다. 약업사 수십 년에 눈치와 귀동냥 하나는 빠꼼이였다. 그러니 상지수를 모를 리 없다. 다른 사람이 말하면 어디서 개구라냐고 마구 비웃어주었을 일. 그러나 민규의 말이니 닥치고 믿는 황창동이었다. 왜냐고? 민규는 요리로써 증명해 내니까.

"그럼 먹을게. 솔직히 이 셰프가 만든 거라니 천만 원 내라고 해도 욕심나네. 꿀꺽!"

황창동은 이미 옥침의 홍수에 빠져 있었다.

꿀꺽!

두 알의 경옥고 환이 그의 목울대를 밀고 넘어갔다. 초자연수가 뒤를 이었다. 황창동은 숨도 쉬지 않았다. 촉각은 극한까지 곤두섰다. 첫 알을 살짝 씹었다. 짜릿한 긴장을 타고 입안에 퍼진 쌉싸래한 첫맛에 푸근한 꿀의 뒷맛. 색다른 향미가 입안 가득 퍼지나 싶더니 온몸으로 쾌속 흡수가 되었다.

"우앗!"

흥분에 못 이긴 그가 주먹을 쥔 채 몸서리를 쳤다.

"괜찮으세요?"

"아니, 아니… 말 시키지 마. 나 지금 각성 중인 거 같아. 온몸의 재탄생 말이야."

황창동은 진지했다. 너무 진지해 민규도 지켜볼 수밖에 없었다.

"아아, 아하!"

신음이 거푸 나왔다. 그는 온몸으로 경옥고를 느끼는 중이었다. 심리적인 요인과 원방의 팩트가 시너지효과를 내는 것이다.

"미치겠다. 이거 10년 전에 죽은 경동시장 최고의 한의사가 말년에 터득한 이진탕인가 뭔가, 그걸로 몸 안의 찌꺼기를 쫙 쓸어내는 기분이랄까? 몸속이 구석구석 밝아지는 느낌이야."

"……."

"나 어때? 10년은 젊어진 거 같지 않아?"

감상에서 깨어난 황창동이 얼굴을 감싸 보였다.

"20년도 될 거 같은데요?"

"아니지. 내가 이럴 때가 아니야. 당장 마누라한테 가야겠어. 그놈의 마누라도 나 만나서 속 좀 썩었는데 이런 덕이라도 봐야지."

"가시게요?"

"이 셰프, 고마워. 앞으로도 뭐든지 말만 하라고. 이 셰프는 내 인생이 끝날 때까지 VVVVIP로 대할 테니까."

"이 물도 가져가세요. 함께 마시면 더 좋거든요."

민규가 초자연수를 건네주었다.

"고마워. 이 셰프가 최고야."

엄지를 세워준 황창동이 차에 올랐다.

"고마워."

그는 도로에 올라서서도 그 말을 잊지 않았다.

"황 사장님, 보기보다 단순하네?"

종규가 다가와 웃었다.

"옛날에 물건으로 장난을 쳐서 그렇지, 알고 보면 좋은 사람이야."

"그나저나 곧 진짜 임자가 올 시간이야?"

"카레이서 공민준?"

"응, 이 박사님도 같이 온다면서?"

"그렇겠지."

"어쩌면 일찍 올지도 모르겠네."

"그럴지도."

민규가 주방으로 돌아섰다.

—방아꽃송아리부각.

—약선경옥고새팥죽.

—약선칠면조향구이.

—표고솔잎구이.

—망개순상추샐러드.

—약선에스프레소양갱.

—궁중오미자에이드.

메뉴 구성은 끝이 났다. 이규태도 함께 즐길 수 있는 선택이었다. 메뉴들의 특징은 심장 강화의 보익약선(補益藥膳) 계열이었다. 목적만을 원한다면 경옥고망개순상추샐러드 정도로도 해결될 일이었다. 소스로 경옥고를 뿌리면 간단하다. 그러나 약선요리 측면에서 보면 경옥고는 보양의 의미로 들어가는 약재의 하나. 미식의 즐거움까지 양보할 수 없는 민규였다.

게다가 공민준에게는 운명적인 테이블. 어찌 보면 잔칫상이기도 하기에 풍성한 테이블을 차려낼 생각이었다.

인삼이나 산삼의 궁합은 우유와 꿀, 닭과 해삼, 황기…….

복령은 쑥, 백출, 쥐눈이콩, 국화, 마…….

생지황은 국화와 지골피…….

꿀은 인삼과 들깨…….

경옥고가 들어가는 요리마다 궁합에 맞춰 시너지효과를 올릴 구성이었다.

첫 타자로 출격하는 방아꽃송아리는 쌉쌀하면서도 향긋한 향이 일품이다. 부각으로 튀겨놓으면 향이 약간 다운되면서 코끝을 어루만진다. 깊은 숲의 평안함과 호사는 보너스로 누릴 수 있으니, 이미 찹쌀을 머금고 햇빛 아래에서 꼬득꼬득 말라가고 있었다.

새팥죽과 칠면조향구이는 오늘의 메인 요리. 새팥죽만으로도 심장을 강화하는 효과가 있지만 거기 들어가는 새알의 정체가 경옥고였다. 수수를 더한 통밀가루 반죽으로 옷을 입혀 튀겨내고 그 위에 금박 코팅을 입혔다. 들판의 정기를 고스란히 머금은 새팥죽의 은은한 자색 속에 고고한 황금빛 새알들. 보는 것만으로도 신비경이 될 일이었다.

칠면조 고기 역시 심장에 좋은 육류. 심장에 좋은 증기수의 증기를 듬뿍 쪼이면서 경옥고의 향을 입혀놓았다. 살짝 그슬린 맛을 더함으로써 식욕에 구미까지 당기는 구성이었다.

표고솔잎구이와 망개순상추샐러드 역시 심장이 반기는 식재료들. 표고의 향에 솔잎 향, 거기에 더해 망개순의 속삭임까지 합쳐지면 숲의 한 자락을 베어 먹는 착각까지 들 일이었다.

마무리는 커피양갱과 오미자차의 몫. 커피 역시 심장에 도움이 되지만 독특한 약선 양갱으로 선보이게 되었다. 오미자가 강심작용에 진액까지 만들어주는 것 역시 두말하면 잔소리.

"이 셰프님."

선착은 이규태였다.

"공민준 선수는요?"

민규가 물었다.

"아직 안 왔어요? 나보다 먼저 왔을 줄 알았는데……."

"저는 박사님하고 같이 오는 줄 알았죠."

"연습 때문에 바쁜 사람이니… 내가 한번 전화해 보지요."

이규태가 핸드폰을 눌렀다. 신호가 가지만 공민준이 받지 않았다. 그렇다고 파워 오프도 아니었다.

"핸드폰이 잘 안 터지는 곳에 있나?"

이규태가 고개를 갸웃거렸다.

"그럼 일단 경옥고부터 구경해 보시지요."

"나왔습니까?"

이규태가 반색을 했다. 내실로 모시고 가 경옥고 다섯 알을 보여주었다.

"히야!"

긴 탄성이 나왔다. 그는 경옥고에서 눈을 떼지 못했다.

"박사님 몫입니다. 이번에는 저번보다 조금 많이 나와서 말이죠."

"정말입니까? 내가 가져가도 되는 겁니까?"

"그럼요."

"하핫, 이것 참 살다 보니⋯ 명색이 한의사인 내가 한의사도 아닌 사람의 경옥고에 빠질 줄 누가 알았겠습니까?"

"박사님도⋯⋯."

"그나저나 이 친구, 무슨 일이 있나?"

이규태가 다시 공민준의 번호를 눌렀다. 그래도 전화는 연결되지 않았다.

30분이 지났다.

거기에 더해 20분이 더 지났다.

"그냥 박사님 요리만 올리겠습니다."

이규태에게 인사를 하고 내실을 나왔다. 한 손님을 두고 한없이 기다릴 수는 없는 노릇이었다.

공민준.

움직이는 경옥고 센서기. 운명 시스템이 예견한 업그레이드용 비방.

'하지만⋯⋯.'

손을 씻는 동안 허튼 생각이 들어왔다. 그가 가진 기억은 쏜빙빙과 달랐다. 명쾌하지 않은 것이다. 그렇다면 운명 시스템의 선택이 아니라 우연의 일치로 대화가 통한 것일 수도 있었다. 아무튼 오지 않는 손님을 어쩌랴? 이유가 어쨌든 노쇼(No Show)를 안겨주는 사람은 달갑지 않았다.

칠면조를 수습했다. 이규태를 위한 요리는 아니었으니 다시 냉장 칸으로 옮겨야 했다. 바로 그때, 이규태가 내실에서 나왔다.

"이 셰프님, 공 선수가 지금 온다는데요?"

"……?"

"연습 레이스 중에 옆 차가 전복되는 바람에 피하다가 방호벽을 들이박았답니다. 서너 바퀴 돌면서 떨어진 모양인데 다행히 공 선수는 무사하다는군요."

"예?"

민규가 고개를 들었다. 사고? 그런데도 오겠다고?

"제 발로 걸어 나왔는데 현기증을 느꼈대요. 그 덕에 동료들이 병원으로 옮기는 바람에 검진까지 받은 모양입니다. 지금 큰 문제는 없다고……."

"아니, 그럼 쉬어야지, 요리가 대수입니까?"

민규가 응수했다. 조금 전까지는 기분이 좋지 않았지만 사고를 어쩌랴?

"저도 공 선수에게 들은 이야긴데 요즘 웬만한 사고는 큰 문제가 아니랍니다. 운전석 주위의 특수 설계 덕분이라던데…
서바이벌 셸인가 뭔가… 욕조 형태로 운전석을 감싸는 공학
적 설계인데 사람 머리카락 굵기의 탄소섬유를 겹치고 겹쳐서
제작한다더군요. 덕분에 강력한 충돌이 일어나도 드라이버는
무사하다는……."

"……."

"아무튼 30분 안에 온다고 셰프님께 죽을죄를 지었다고 하
는군요."

"……."

"어쩔까요? 오지 말라고 할까요?"

"……."

"셰프님."

"아, 알겠습니다. 큰 문제가 없다면 오라고 하십시오."

민규, 열었던 냉장 칸을 닫았다. 칠면조는 다시 요리대 위
로 돌아왔다.

30분.

그 말을 믿고 요리에 돌입했다. 다음 예약된 손님들 때문에
미룰 수 없었다. 그러니 이번에도 공수표가 된다면 공민준을
위한 경옥고 요리는 기약이 없어질 판이었다.

자자작!

방아꽃송아리가 들어가자 기름이 몸서리를 쳤다. 동시에
방아꽃의 알싸한 향이 풍겨 나왔다. 자연의 식재료는 요리사

를 즐겁게 만든다. 인공 재료에서는 느낄 수 없는 즐거움이 있는 것이다. 부각을 만들 때는 하늘이 도와야 한다. 찹쌀풀을 묻혀 말릴 때 비가 오면 꽝이다. 건조기나 방 안에서도 말릴 수 있다지만 그 맛이 어찌 같을까?

햇살은 본래의 맛을 더욱 깊게 하는 '특허'를 가지고 있다. 많은 예가 있으니, 태양초가 그랬고 건어물들이 그랬다. 건조기에서 말린 것과 햇살 아래에서 말린 것. 클래스가 다르다.

맛있는 부각을 만들려면 찹쌀도 살짝 거칠게 빻는 게 좋다. 너무 곱게 빻으면 물에 가라앉지 않고 떠서 풀이 제대로 나오지 않는다. 맛도 입자가 거친 쪽의 식감이 더 좋다. 찹쌀풀에도 경옥고가 들어갔다. 국간장을 넣고 끓일 때 첨가한 것. 매운맛을 좋아하는 사람이라면 청양고추, 육식파라면 소고기를 잘게 갈아 넣어 기호를 맞추는 것도 요령이다.

'30분.'

약속한 시간이 되자 민규가 고개를 들었다. 마당에 들어서는 공민준의 차가 보였다. 그는 바로 뛰어내렸으니, 옷차림 또한 드라이버의 연습복 그대로였다.

"셰프님!"

카운터 앞에서 그가 걸음을 멈췄다. 민규가 길을 막은 까닭이었다.

"죄송합니다. 부득이……"

공민준이 고개를 숙였다.

"몸은요?"

"괜찮습니다."

"드세요."

민규가 내민 건 정화수와 방제수, 요수의 3종 세트였다. 머리를 맑게 하고 몸을 안정시키며 비위를 보해 식욕을 열어주는 처방이었다.

"경옥고 요리는요……? 염치없지만 먹을 수 있습니까?"

그 와중에도 경옥고를 챙기는 공민준.

"아직은 유효합니다."

민규가 웃었다. 그의 얼굴이 비로소 햇살처럼 퍼졌다.

"괜찮나?"

공민준이 안으로 들어서자 이규태가 물었다.

"보시다시피요. 잠깐 정신 줄이 늘어졌던 것뿐입니다. 순간적으로 강력한 충격을 받으면 더러 그런 일이 있거든요."

"허어, 이 사람… 사람 놀라게 하는 재주는……."

"죄송합니다."

"나한테 미안할 거 뭐 있나? 우리 이 셰프님이 문제지."

"저도 괜찮습니다. 공 선수가 무사하시니……."

뒤따라온 민규가 답했다.

초자연수 3종 세트에 이어 요리의 행진이 시작되었다. 방아꽃송아리부각에 살구와 자몽, 감귤 슬라이스 말림으로 스타트를 끊었다.

"……!"

방아꽃송아리부각을 깨문 공민준, 문득 오감이 멈췄다.

"경옥고가 들어갔네요?"

그가 파뜩 고개를 들었다. 어쩌나 보려고 말하지 않은 민규. 그는 과연 인간 경옥고 감지 센서에 틀림이 없었다.

"맞습니다. 찹쌀풀에 씨간장과 함께 경옥고를 조금 풀었습니다. 탐색전으로 말이죠."

민규가 설명을 했다.

"경옥고 부각이라… 상상 불허로군요. 이거 허리띠 풀고 시작해야겠습니다."

공민준의 의욕이 훨훨 타올랐다. 정신 줄 놓았다가 온 사람으로는 보이지 않았다.

뒤를 이어 메인 요리가 나왔다.

—약선경옥고새팥죽.

—약선칠면조향구이.

—표고솔잎구이.

얼핏 보면 새팥죽에 칠면조구이, 표고버섯구이지만 향이 달랐다. 경옥고의 깊은 울림이 깃든 풍미가 후각을 후리는 것이다.

경옥고를 넣은 요리.

그 맛은 어떨까? 사실 경옥고에는 복용법이라는 게 있었다.

홍씨집험방(洪氏集驗方)이라는 책을 보면 새벽에 복용하라고 나와 있다. 그러나 의학입문(醫學入門)에는 공복에 한두 숟가락이라고 전한다. 동의보감은 시간을 정하지 않고 하루에 두세 번으로 폭넓게 허용한다. 복용법은 따뜻한 술, 그러나 술을 못 먹는 사람은 따뜻한 물에 타서 먹으라고 제시한다.

민규의 경옥고요리는 위에 전하는 내용들과는 차이가 있었다. 약선요리의 한 재료로 들어간 경옥고. 그러나 민규는 걱정하지 않았다. 요리 중에 경옥고와 배치되는 배오금기의 식재료는 넣지 않았다. 생지황과 맞지 않는 무나 나복자도 없었고 꿀에 금하는 부추나 파도 없었으며 인삼과 반하는 여로(藜蘆)도 없었다. 경옥고과 배치되는 쇠 역시 테이블에 없었다. 수저는 대나무였고, 그릇들 또한 투박한 질그릇이 전부였다.

다만 분량은 공민준의 체질창과 오장의 상태에 맞추어 최적의 세팅을 했다. 경옥고가 보약이니 포식까지는 갈 필요는 없는 까닭이었다.

"우아, 이건 그냥 예술이군요. 봉황알 같은데요?"

새팥죽에서 황금 새알을 건져 든 공민준. 입술이 귀밑까지 올라갔다. 먹성이 좋아 럭셔리한 파티에도 불려 다녔지만 이런 비주얼은 처음이었다. 민규의 새알은 새팥죽의 색감 속에서도 생생한 황금빛을 잃지 않은 것이다.

"앗!"

새팥죽을 먹던 공민준이 또 한 번 경련을 했다. 새알 속의 경옥고 때문이었다. 지켜보던 민규가 피식 웃었다. 공민준이라면, 천 겹으로 감춘 경옥고의 맛도 알아차릴 사람이었다.

"아, 요리와 함께 먹는 경옥고는 이런 맛이군요. 경옥고도 살고 요리도 살고… 사람 미칠 것 같습니다."

그는 감상에 여념이 없었다.

"신천지로군. 역시 이 셰프님 손길이 닿으면 기적이 일어난다니까."

이규태의 반응도 다르지 않았다. 반천하수와 정화수, 요수의 배합이 가져온 결과였다. 민규가 육수로도 쓰는 첫 번째 조합법. 그것으로 경옥고의 신묘한 기운을 살리고 잡내를 지워 버린 것이다.

새팥죽에 이어 칠면조구이가 바닥을 드러내기 시작하자 민규가 주방으로 나왔다. 망개순상추샐러드를 챙기고 에스프레소양갱을 세팅했다.

에스프레소양갱.

비주얼은 흡사 초콜릿에 초록 점이 찍힌 것처럼 보였다. 흰 앙금에 싱싱한 은행의 과육을 잘게 박아 넣은 덕분이었다.

에스프레소양갱은 만들기 어렵지 않다.

준비물.

원두커피 2잔, 한천가루 20g, 흰 앙금 400g, 조청 2큰술.

1) 깨끗한 용기에 한천가루를 넣고 물 한 컵을 부어 불려준다.

2) 한천이 불어나면 약한 불에서 기포가 올라올 때까지 저으며 끓여준다.

3) 기포가 형성되면 준비한 커피와 흰 앙금을 넣고 잘 저어서 풀어준다.

4) 다시 기포가 형성되면 조청을 넣고 저어가며 끓인다.

5) 원하는 틀에 부어 굳힌다.

민규는 3)의 과정에서 흰 앙금에 초록 은행을 다져 시각 포인트를 잡았다. 땅콩을 좋아하면 땅콩을 다져도, 아몬드나 호두를 깎아 넣어도 상관없다. 샐러드와 양갱 등의 후식에는 경옥고를 넣지 않았다. 모든 요리에 다 비방을 쓰면 비방이 아닌 것이니 경옥고는, 전채에서 분위기를 잡아주고 메인에서 승부를 내는 것으로 끝이었다.

"후식이 나왔습니다."

—망개순상추샐러드.

—약선에스프레소양갱.

—궁중오미자에이드.

민규가 세 개의 접시를 세팅해 주었다.

"이야, 이것도 작품이네요."

공민준의 감탄은 브레이크가 없었다. 그때, 이규태의 전화가 울렸다.

"예, 이규태입니다."

전화를 받던 그가 상기되는 게 보였다. 응급환자라도 발생한 모양이었다.

"병원에 일이 좀 생겼다는군요. 미안하지만 나는 먼저 일어서야겠습니다."

이규태가 서둘렀다.

"어, 박사님. 먹느라 말씀도 제대로 못 나눴는데……."

공민준이 아쉬운 표정을 지었다.

"자네야 이제 나보다 이 셰프님이 더 중요하지 않나? 나는 효용도 떨어진 사람이니 우리 이 셰프님 바짓가랑이나 제대로 잡으시게."

"아, 그렇다고 그렇게 돌직구를 던지시면……."

"사람, 솔직해서 좋군. 아무튼 자네 소원 이뤘으니 우리 이 셰프님께 보답이나 잘하고 가시게나."

이규태가 서둘러 자리를 떴다.

"이야, 박사님께는 죄송하지만 저는 행복한데요? 박사님 몫까지 저한테 떨어졌으니……."

공민준이 웃었다. 성격도 솔직하니 좋았다.

"으음… 여기는 경옥고가 없는 대신 입안을 개운하게 만들어 버리는군요. 특히 이 나물… 이름이 뭐죠?"

공민준이 민규에게 물었다.

"망개떡 아십니까?"

"들어는 봤습니다만."

"그 망개순입니다. 아삭아삭 씹을 때마다 새로운 맛이 느껴지는데 마지막 맛은 입안의 정화입니다. 생선회를 먹고 매운 고추나 생강 한 점을 먹은 것처럼 개운하지요."

"그 말이 딱이군요. 생선회 다음에 먹은 생강 한 점 같달까? 입안에 정화기를 돌린 기분입니다."

"망개순은 망개 잎 못지않은 유용한 식재료랍니다."

"거기에 이 양갱… 초콜릿인가 했더니 커피네요?"

"예. 공 선수께서 커피도 좋아하는 것 같고, 체질상으로도 좋은 식재료라서요."

"커피 양갱이라니… 오늘 제 눈과 입이 호강을… 읍?"

에스프레소양갱을 먹던 공민준. 거기서 정지되어 버렸다. Time Stop이라도 된 듯 움직임이 멈춘 것이다.

"……!"

민규도 놀랐다. 워낙 느닷없는 반응이었던 것. 하지만 다시 침착해졌다. 그의 정지는 위급한 쪽이 아니었다. 몸에 들어간 경옥고가 집중 활성을 일으키는 것이다.

순간, 공민준은 무의식 상태인 듯한 표정으로 누군가를 영접이라도 하는 듯 두 손을 들며 경악의 한마디를 토해놓았다.

"환생 메신저님, 전생 메신저님……."

환생 메신저, 전생 메신저?
뭔가 모를 강력한 기시감.
민규가 벼락처럼 돌아보았다.

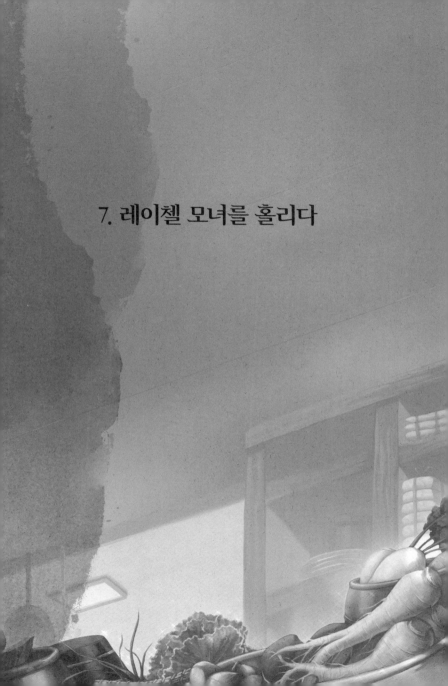

7. 레이첼 모녀를 홀리다

"······!"

민규는 오감이 마비되는 것만 같았다. 시야에는 인기척이 없었다. 그러나 오감은 느끼고 있었다. 말할 수 없는 신성, 거역할 수 없는 신성이 가까이 와 있는 것만 같았다.

운명 수정 시스템······.

민규의 기억이 오토바이 사고의 날로 날아갔다.

[인류 운명 수정 시스템입니다.]

[인생 수정 특권 수혜자로 선택되었습니다.]

[당신에게 부여될 행운 패는 다음과 같습니다.]

吉星照門 貴人相對(길성조문 귀인상대)
陰陽和合 萬物化生(음양화합 만물화생)

[해당 메신저가 행운의 괘 특권 부여를 위해 당신과 접속합니다.]

그 언어들… 삶 저편에서 날아온 듯 나른하던 그 소리…….
그리고…….
두 개의 섬광이 보였었다. 너무 밝아 눈을 뜨고도 아무것도 볼 수 없었던 신성… 환생 메신저와 전생 메신저의 등장.
66에서 1까지.
그 카운트가 끝날 때쯤 내려온 은빛 시그널…….

[운명의 궤를 변경 중입니다.]
[보상 아이템 특성을 결정합니다.]
[3생의 능력 공유를 허락합니다.]
[운명 수정 프로그램을 종료합니다.]

종료…….
아직도 민규의 뇌리에 선명한 그날의 기억들… 그리고 찾아

든 세 가지 기적… 지금… 공민준에게도… 그 기적이 일어나고 있는 걸까? 두 메신저가 그의 삶을 수정하고 있는 걸까? 민규의 시선이 가만히, 공민준에게 옮겨 갔다. 그의 살이 경련하고 있었다. 눈꺼풀 속의 눈동자 역시 미친 듯이 떨고 있었다. 입술도 다르지 않았다. 어쩌면 부서질 것처럼 보이기도 했다.

아아!

우워!

간간이 신음도 나왔다.

얼마나 지났을까? 경이와 경련으로 뒤섞여 있었던 공민준이 조금씩 안정을 찾기 시작했다. 동시에 그의 비장에 서렸던 독특한 압박도 사라졌다.

활기.

진기.

정기.

온갖 기가 그의 몸에서 콸콸콸 솟구치고 있었다. 비장의 압박이 사라지면서 활력의 업그레이드를 이룬 공민준. 비장은 생각의 장기. 그가 심리적인 부담에서 벗어났다는 신호였다.

서광의 기운이 다 사라지기 전에 민규가 초자연수 두 잔을 고이 소환해 놓았다. 이는 반천하수, 즉 상지수였으니 땅의 물이 아니었다.

찰랑!

물잔의 파문이 보였다. 바람일 수도, 혹은 작은 진동에 의

한 것일 수도 있었다. 그럼에도 민규에게는 두 메신저의 목축임으로 보였다. 그저 착각일지라도, 그저 그렇기를… 두 손을 모아 합장할 때 공민준이 눈을 떴다.

"공 선수."

민규가 다가섰다.

"……?"

공민준의 눈은 아직 이 세상에 있지 않았다. 정화수를 소환해 한 모금 먹었다.

"아!"

그가 신음 소리를 냈다. 그리고 민규 어깨 너머로 시선을 옮겼다. 민규가 비켜주었다. 보이는 건 초빛의 내실 풍경뿐이었다.

"맙소사!"

"혹시… 운명 시스템 메신저들을 만난 겁니까?"

"셰프님도 보셨습니까?"

그가 미친 듯한 격정으로 물었다.

"저는 그저 느낌으로… 정말 왔었습니까?"

"네. 환생 메신저, 그리고 전생 메신저……."

"저번에도 보았다고 하지 않았습니까?"

"그때는 비몽사몽… 하지만 이번에는 확실했습니다. 제 전생까지 불러내 준 걸요."

"……!"

"셰프님 말이 맞았습니다. 제 전생… 경옥고와 연관된 두 생이 있었습니다."

'둘이나?'

민규가 청각을 바로 세웠다.

"저는 무려 20생을 살았는데 현자의 삶을 산 것은 오직 경옥고와 관련된 두 생이라고 하더군요. 그중 하나가 송(宋) 시대 강소성 철옹에 살던 신철옹이었는데, 경옥고의 창안자였답니다. 그다음 생이 금원시대의 한의로 주씨 성을 가졌는데 방사가 과다하고 기가 허한 사람들에게 이 경옥고의 유용성을 널리 적용한 사람이었습니다."

"……"

"그 두 생에서 현자의 상징인 수정 여의주를 남겼는데, 그 덕분에 이 생의 운명을 수정할 기회에 당첨이 되었답니다. 그러나 제 운명 수정에는 옵션이 딸려 있었는데 그게 바로 원방 경옥고에 버금가는 경옥고를 먹어야만 발현되는 것이니, 이제야 행운의 패가 제대로 작동할 것이라 했습니다."

"행운의 패는……?"

"당연히 F1 챔피언이죠. 세상에서 가장 빠른 것, 그것 중에서 하나를 허용해 준다고 했습니다."

"……"

"모두 셰프님 덕분입니다."

공민준, 민규를 향해 진심으로 허리를 조아렸다.

"공 선수의 전생이 경옥고 창안자……."

"송구합니다. 실은 아직도 뭐가 뭔지… 하지만 꿈인 것 같지는 않았습니다. 두 전생이 나타났는데 어쩐지 친밀감이 들었거든요. 환상 같지만 닿을 듯 생생했고……."

"환상이지만 환상이 아닙니다. 결국 공 선수는 F1 챔피언이 될 것입니다."

"셰프님도 그 두 메신저를 만났었습니까?"

"예."

"아, 이런 인연이… 설령 하나의 환상이라고 해도 우연이 아니군요. 같은 환상을 본 사이라니……."

"공 선수."

"예, 셰프님."

"꿈 꼭 이루세요. 나도 같이 기도하겠습니다."

"그럼요. 사고 후로 무의식 속에 자리하던 불안과 공포가 완전히 사라진 게 느껴집니다. 이번 헝가리 10라운드부터 발동을 걸 겁니다. 그럼 우승 가능성도 부쩍 높일 수 있습니다."

"그 꿈을 위해 오늘 식사는 제가 무료로 제공하겠습니다."

"그건 안 됩니다. 돈으로도 살 수 없는 요리를 주셨는데……."

"그러니 돈을 받지 않겠다는 겁니다."

"……."

"어차피 돈으로 계산할 수 없는 요리였습니다. 그러니 돈을 주고받으면 효력이 사라질지도 모르지요. 그래도 내시겠습니까?"

"셰프님."

"우승! 아셨죠?"

민규가 쐐기를 박았다. 민규에게 압도된 공민준은 더 이상 말을 하지 못했다.

"파이팅."

"파이팅!"

민규가 주먹을 쥐어 보이자 공민준도 주먹을 불끈 쥐었다. 그는 환한 표정으로 초빛을 떠났다.

"뭐야? 개고생하게 만들더니 돈도 안 받고… 또 무슨 비밀 대화가 그렇게 길어?"

종규가 나와 군소리를 늘어놓았다.

"미안, 간만에 통하는 사람이라서……."

"형이 안 통하는 사람이 어디 있어?"

"계산 안 받아서 골났냐?"

"그거야 형 마음이지만 경옥고값은 받아야지. 산삼에 생지황에 토종 연밀에… 게다가 내 피 같은 5박 6일."

"그럼 니가 쫓아가서 받아오든가."

"아, 진짜… F1 초상위 드라이버 클래스를 어떻게 쫓아가?"

"그럼 그만 잊어라. 네 덕분에 공민준 선수가 F1 챔피언 먹을 거거든. 기왕에 투자하려면 통 크게 해야지."

"안 되면?"

"그때는 열 배로 받아야지. 내가 책임진다."

"하여간 형은……."

종규가 웃었다. 민규가 정한 건 바꿀 수 없다는 것. 종규도 잘 아는 까닭이었다.

"들어가자."

민규가 종규 등을 밀었다.

*　　　　　*　　　　　*

마당이 조용해지자 연못 수면에 파문이 일었다. 처음에는 장구벌레의 발자국 같던 파문은 소리도 없이 연못 전체로 퍼졌다. 파문과 파문이 만나자 연잎들이 소리를 냈다. 연잎들의 울림은 박자까지 똑같았다. 그 잎들이 동시에 침묵할 때, 두 개의 빛이 연못 위에 등장했다. 빛은 갓 피어난 연꽃의 속살처럼 투명해 사람 눈에는 보이지 않았다.

[전생, 물맛이 어땠어?]

공명 같은 소리의 주인공은 환생 메신저였다.

[오랜만에 목 한번 제대로 축였지. 환생은?]

[나도 그래. 상지수였지?]

[그런 것 같더군. 현대로 온 후로 처음 맛본 것 같아.]

[그러게. 우리도 슬슬 각박해지는 건가?]

[그나저나 이민규… 대단하지 않아?]

[그렇다고 봐야지. 저 인간은 이러다가 시스템 혜택을 받은 운명 수정자들을 다 만나는 거 아닌가 몰라.]

[다는 아니지. 그사이에도 못 만난 인간이 있으니까.]

[그건 그렇지.]

[그래도 대단해. 벌써 두 명째잖아?]

[내 말이… 운명 시스템의 역사를 쓰고 있단 말이지.]

[더구나 조금 전의 공민준… 원래는 경옥고 찾아 헤매다 끝날 운명이었지?]

[맞아. 수정구 하나에 문제가 있어서 우리가 직접 현신하지 않고 무의식 속에 옵션을 걸어두었던 거니까.]

[그런데 이민규가 떡하니 그 옵션을 클리어!]

[요즘 인간들 말로 '허얼'이지, 허얼.]

[그러게 말이야. 대박 요리사의 운명을 주었더니 세 전생의 필살기 이면까지 탐구해서 자기 것으로 만들어 버리니…….]

[어쩌겠어? 경옥고도 먹는 건 먹는 거잖아? 어떻게 보면 약 달이는 거나 요리 만드는 거나 정성이 깃들어야 명품이 되니 다른 계열로 볼 수도 없고.]

[이러다가 이민규 저 인간…….]

[뭐야? 무슨 천기를 누설하려고?]

[기미가 그렇잖아? 3생의 필살기를 바탕으로 약재와 식재료의 적용을 넓혀가고 있어. 이렇게 되면 이 생에서도 수정 여의

주를 남길 각인데 잘하면 10세기에 한 번 나온다는 그 궁극
의 약선도……]

[어허, 아무리 그래도……]

[그냥 느낌이야. 워낙 어려운 일이기도 하지만……]

[자, 허튼 생각일랑 연못에 내려놓고 또 날아보자고. 다음
수혜자는 네팔 쪽인데?]

[알았어. 운명에 휴일이 있나.]

전생이 몸을 추스르자 온전한 빛으로 변했다. 그 빛을 위
한 공간이 하늘에 열렸다. 메신저들은 그 라인을 타고 날아올
랐다. 멀어지는 초빛에서는 더 맛난 냄새가 폴폴 공기를 물들
이고 있었다.

보글보글.

자글자글.

아스라한 소리에 못 이겨 전생 메신저가 돌아보았다. 꼴깍,
그의 목으로 침이 넘어갔다.

"망개순!"

"여기 있습니다."

"방아꽃송아리!"

"준비되었어요."

"아카시아꽃?"

"물론입니다."

"고구마잎!"

"여기요."

"도라지순, 산양삼, 계피잎!"

민규의 외침에 따라 재희가 답했다. 테이블에 자연의 식재료들이 줄을 섰다. 마치 작은 정원을 옮겨놓은 듯한 포스였다. 민규가 예약 현황판을 바라보았다.

[레이첼 외 1명]

영국 대사 부인 레이첼.

까칠한 그녀의 차례였다. 방글라데시의 난민촌으로 자원봉사를 떠난 그녀. 이틀 전에 돌아왔다. 그 첫 번째 활동이 민규의 초빛 방문이었다. 그녀의 소망대로 어린 딸을 동반하기로 했다.

─셰프님, 제 예약에 문제없는 거죠?

어젯밤, 비행기 예약을 확인하듯 전화를 걸어온 그녀는 굉장히 고무되어 있었다. 느낌 탓인지 기분도 Up이었다. 그렇기에 민규도 최상의 식재료를 구해 그녀를 맞이하고 있었다. 어린 딸 앞에서 건강한 식사의 모범을 보여주고 싶은 엄마의 마음. 그걸 책임져 줄 식재료들을 모은 것이다.

"셰프님, 예약 손님 도착합니다."

아카시아꽃을 정리하던 재희가 보고를 했다. 민규가 고개를 들었다. 차에서 레이첼이 내리고 있었다. 흰 원피스에 레이스가 달린 모자. 전과는 달리 우아하게 보였다. 그 뒤를 이어 일곱 살 아일라가 깡총 뛰어내렸다. 엄마처럼 흰 원피스를 입었으니, 마치 흰나비 두 마리가 다가오는 것 같았다.

"셰프님!"

민규가 나오자 레이첼이 반색을 했다. 그녀의 얼굴은 건강하게 그을려 있었다.

"이쪽으로 앉으시죠."

민규가 야외 테이블을 권했다.

"제 딸, 아일라예요."

"러블리하네요. 안녕."

민규가 아이에게 인사를 건넸다.

"오늘 우리 엄마 잘 부탁합니다."

아일라는 정중한 배꼽 인사로 당부를 해왔다. 영어였다. 귀여움이 작렬하면서도 당찬 포스가 엿보였다. 엄마보다 어른스러운 아이였다. 놀라지는 않았다. 유치원에서 많이 겪었다. 어른스러운 아이는 불가능한 일이 아니었다. 아이는 몸도 엄마와 달랐다. 아이의 체질창은 '이상 무'. 편식하지 않는다는 것이다.

"제 사진이에요. 증거로 가져왔어요."

레이첼이 난민촌 봉사 사진을 꺼내놓았다.

로힝야 난민들.

어쩌면 방글라데시 사람을 닮았고, 또 어쩌면 미얀마 사람을 닮았다. 피부는 대체로 검었다. 몸은 대체로 야위었다. 미얀마에 대해서는 민규도 조금 알고 있었다. 대학 때 만난 유학생 친구 때문이었다. 그녀의 몸매는 그냥 회초리였다. 꼭 필요한 근육 외에는 없었다. 미얀마의 모든 사람이 마른 건 아니지만 마른 사람이 많다고 했다.

그녀는 한국을 좋아했다. 그리고 한국의 요리를 좋아했다. 돌아가면 양곤의 한국계 롯데호텔에서 정통 한식 요리사로 일하고 싶다던 메이뚜……

"보기 좋네요. 하지만 사진은 보지 않아도 됩니다."

민규가 웃었다.

"왜요? 셰프께서 확인을 해야……"

"레이첼이 확인입니다. 거길 다녀온 사람이 직접 왔는데 그보다 더 좋은 확인은 없습니다. 건강하게 그을린 피부가 말해주고 있으니까요."

"셰프… 그럼 저 이번에는……?"

"당연하죠. 저는 약속을 지킵니다."

"셰프……"

레이첼의 얼굴이 환하게 펴졌다.

"초빛의 명예를 걸고 오늘 두 분에게 한국 약선요리의 신세계를 보여 드리겠습니다."

정중한 인사와 함께 민규가 물러났다. 레이첼을 매혹시킬 요리의 시작이었다.

검은콩—삶아 먹으면 장속 찌꺼기 쾌속 아웃.

함초—장 찌꺼기 청소.

정—죽물, 산수유, 지황, 오미자, 백복령, 구기자, 익모초씨앗, 오징어, 꿀(정과 기).

새벽에 건져 올린 뱀장어에 오가피.

대추나무잎 조엽에 연자밥.

육천기에 추로수.

오늘 레이첼의 메인 식재료였다. 레이첼이 원하는 건 식탐을 없애고 살을 빼는 것. 잘못된 산후조리로 바람이 숭숭 지나가는 뼈와 살의 헛헛함을 꽉 조여주는 것. 그건 뱀장어와 오가피, 육천기에 조엽이면 족했다. 그러나 그녀는 나름 큰일을 했다. 5만 불의 기부도 그렇지만 몸소 일주일의 자원봉사를 하고 온 것. 게다가 방글라데시에서 인증 샷만 펑펑 찍고 온 게 아니었다. 그녀의 손과 얼굴, 표정이 말하고 있었다. 오만과 과시가 사라진 달관의 미소는 낮은 곳으로 임해본 사람들의 상징이기도 했다.

세상에는 가식적인 인간들이 많았다. 국제 봉사니 친선 대사니 하면서 요란 법석을 떨고 정작 현지에서는 피곤한 현지인들을 둘러 세워 기념사진 찍기에 바쁘다. 괜히 밥 잘 먹이고 있는 진짜 자원봉사자들을 밀어내고 밥 먹이는 쇼를 벌이거나, 마음에도 없으면서 아이를 안고 애정 어린 시선이나 스킨십을 시도한다. 그것도 오직 사진 찍을 때뿐이다.

짧은 생쇼의 이벤트가 끝나면 미련 없이 현장을 떠난다. 나머지 일정은 봉사와 반대편에 있는 맛집 호사나 호화 생활을 즐긴다. 그런 인간들에게서는 절대 레이첼 같은 표정이 나올 수 없었다.

슬쩍 돌아보니 그녀가 체중계에 올라서며 아일라와 뭐라고 대화를 나누고 있었다. 몇 킬로그램이나 빠지는지 잘 봐. 엄마의 기대가 시선에 묻어 있다.

시작은 초자연수 3종 세트였다. 정화수와 지장수, 방제수를 주었다. 요수를 제외한 것은 식욕을 막을 필요까지는 없었기 때문이었다. 그 요수는 아일라에게 끼워주었다. 추로수도 끼워 피부와 얼굴이 뽀송해지는 걸 도왔다.

"와아아!"

아일라의 넋은 바로 가출을 했다. 그녀는 그렇게 예쁜 물을 본 적이 없었다. 너무나 아름다운 물컵에 한없이 신비로운 약수. 옆에 곁들여진 과일말림들 또한 단아하기 그지없었다. 그렇기에 물을 바라보는 것만으로도 행복한 아일라였다.

아삭!

아일라가 과일말림을 깨물었다. 소리는 푸른 하늘을 베어 무는 것처럼 싱그러웠다.

"너무 맛있어요."

아일라가 웃었다. 그런 딸을 바라보는 레이첼, 몹시 뿌듯했다. 엄마로서의 긍지가 아지랑이처럼 피어올랐다.

그사이에 민규와 재희가 다가왔다. 식사가 나오는 것이다.

—약선대나무통연자햇쌀밥.

—약선오가피뱀장어불고기.

—약선다시마묵.

—궁중하수오동과볶음.

—약선고구마잎튀김.

—궁중해당화꽃찹쌀화전.

하나하나 테이블을 장식할 때마다 몸을 떨던 아일라, 결국 감탄을 터뜨리고 말았다.

"와아아!"

짝짝!

고사리손에서 박수도 나왔다. 특히 하수오동과볶음과 해당화화전에 꽂혀 버린 것. 동과 겉에는 금박 코팅이 들어갔으니 광채의 포스부터 압도적이었다. 찹쌀전 안에 고이 자리한 해당화 꽃잎은 장미 색감 정도는 저리 가라였다.

그뿐일까? 대나무통쌀밥을 올려놓은 접시를 시작으로 요리 각각의 장식은 사계의 핵심을 차분하게 연출하고 있었다. 나뭇가지와 절육, 꽃오림, 거기에 더한 실선의 소스 페인팅은 접시 위에 창조한 작은 정원과 다르지 않았다.

그러나 그녀의 탄성은 시작에 불과했다.

—궁중향설고.

배의 속살에 통후추를 가지런히 박아 하나하나의 작품으로 승화시킨 향설고. 껍질을 깎아낸 위에 통째로 입혀둔 금박 코팅 또한 흰 속살과 대조를 이루며 시각을 흔들고 있었다. 그다음으로 내려놓은 건…….

—궁중방아꽃송아리와 아카시아꽃부각.

신비감이 깃든 보랏빛 방아꽃과 순백의 아카시아꽃. 아카시아는 봄꽃 저장 식재료였지만 민규의 지장수와 추로수 비법으로 살려내니 제철 꽃에 버금가는 자태를 발산하고 있었다. 그건 정말이지 시각 폭력이었다.

"엄마, 나비!"

아일라가 문득 하늘을 가리켰다. 어디서 날아왔을까? 노랑나비 몇 마리가 아일라 위에서 하르르 내려왔다. 몇 마리는 접시의 가장자리에 앉고 두 마리는 아일라와 레이첼의 어깨에 앉았다.

"엄마!"

"그대로 있어."

레이첼이 핸드폰을 들었다.

찰칵, 찰칵!

레이첼의 카메라가 미친 듯이 돌아갔다.

마지막은,

―과일김치.

소소한 소재지만 그 또한 영롱했다. 색색의 채소들이 소담하게 와글거리니 명품의 하나로 부족하지 않았다.

"아일라는 이거."

민규가 마지막 접시를 내려주었다. 레이첼은 뱀장어지만 조엽이 듬뿍 들어갔다. 아일라는 아이이기에 국가대표 소고기요리 설야멱으로 대체하는 민규였다.

"셰프……."

상차림에 압도된 레이첼은 말조차 제대로 하지 못했다. 아홉 가지의 진수성찬. 그것들은 그녀가 먹어본 그 어떤 특급 호텔의 차림에도 뒤지지 않는 위엄이었다. 무엇보다 눈이 편했다. 본 적도 없지만 몸이 먼저 원하는 포근한 요리들. 엄마의 마음과 신선의 품격이 함께 어우러진 요리… 그렇기에 그녀의 가슴은 멋대로 뛰었다.

"원래는 엘리자베스 여왕의 방한 때 나온 만찬풍으로 갈까 했는데 좋은 일을 하고 오신 분이니 그 아름다운 마음을 위로하기 위해 단아함을 더했습니다. 마음껏 즐기시되, 여기 뱀장어불고기만은 남기지 말고 드시기 바랍니다. 레이첼 몸의 애로를 잡아줄 중심요리입니다."

"……."

"그럼 드시지요. 한국의 약선요리는 어렵지 않습니다. 어느 것이나, 무엇부터나 먹어도 무방합니다."

민규가 요리를 가리켰다.

"엄마."

젓가락을 집은 아일라. 당찬 표정으로 레이첼을 바라보았다.

"응?"

"저 셰프님이 한국에서 굉장히 유명하다면서?"

"그렇지."

"그럼 오늘은 품위 있게 먹어. 안 그러면 다음에 다시 안 받아줄지도 몰라."

"……."

"알았지?"

"그래."

워낙 당찬 표정에 레이첼의 얼굴이 붉어졌다. 맛난 먹거리를 보면 체면을 불사하고 폭식가로 변하는 레이첼. 그런 엄마를 위한 조언(?)이었다.

"그리고 이거 먹고 싶으면 먹어도 돼."

아일라가 설야멱 접시를 밀었다.

"아일라……."

"엄마는 고기만 보면 정신 줄 놓잖아?"

"오늘은 괜찮아. 셰프님이 주신 이 요리를 먹어야만 하거든. 그래야 엄마 몸 불편한 게 사라진대. 살도 빠지고."

"알았어. 하지만 먹고 싶으면 언제든지 말해. 아일라가 양보

할게."

귀여움이 폭풍 작렬 하는 아일라. 아일라는 레이첼이 포크를 드는 것을 지켜본 후에야 어른스레 도구를 들었다. 한국에 살지만 영국인. 그녀의 주 무기는 포크였다.

아일라의 첫 선택은 연자햇쌀밥이었다.

"한국에서는 밥과 국이 먼저야."

아일라의 한마디가 적중했다. 해당화꽃화전부터 집으려던 레이첼의 포크가 급선회하며 방향을 바꾸었다.

"냄새가 너무 좋아."

아일라는 대나무 통에 코를 대고 풍미를 음미했다.

뚜껑을 벗기자 밥이 나왔다. 아일라의 밥은 레이첼의 그것과 달랐다. 레이첼의 밥에는 연자가 들어갔지만 아일라의 밥에는 샛노란 좁쌀이 포인트로 박혀 있었다. 어린아이의 경우 좁쌀은 조금만 먹는 게 좋기에 많이 섞지는 않았다. 노란 꽃이 송알송알 더해진 흰쌀밥의 존엄. 하나하나 벌어진 밥알들은 더도 덜도 아닌, 맞춤한 윤기를 뽐내며 아일라의 미각을 유혹했다.

나 좀 봐.

나 좀 먹어봐.

그 유혹에 못 이긴 아일라가 밥을 떠 들었다.

"하음⋯⋯."

아일라는 야무지게 밥을 먹었다. 그래도 어린아이. 입가에 밥알들이 붙었다. 그게 오히려 더 귀엽게 보였다. 아이다운 면까지는 어쩌지 못하는 레이첼의 보호자 아일라였다. 아일라는 두 숟가락 정도를 먹고서야 해당화화전을 잡았다. 레이첼의 유전자가 분명했다.

"꽃이 살아 있는 것 같아."

아일라가 화전 절반을 물었다. 최고의 찹쌀을 갈아 불길을 관리한 민규. 늘어지지도 질기지도 않았으니 아일라의 입맛에도 착착 감겨들었다.

다음은 향설고로 향했다. 배 한 조각을 집어보더니 진리를 발견한 듯 빼액 소리쳤다.

"엄마, 이 배 껍질이 진짜 금 같아."

"응?"

뱀장어에 넋을 놓고 있던 레이첼이 고개를 들었다. 그녀도 배 한 조각을 건졌다. 그 껍질… 해맑은 햇배를 껍질까지 썼나 했는데 진짜 금이었다. 그녀가 돌아보자 민규가 웃었다. 그녀는 그 미소를 알았다. 민규의 금박 코팅은 이미 정평이 난 상황이었다.

"먹어. 셰프님이 우리 아일라, 황금처럼 빛나는 어른이 되라고 씌워주신 거야."

"그럼 셰프님은 마법사?"

아일라가 민규를 돌아보았다.

민규는 가벼운 목 인사로 어린 숙녀의 예의에 답했다. 아일

라는 매번 어른들처럼 신중하게 요리를 집었다. 향설고 하나
도 그랬고 동과볶음 한 조각도 그랬다.

　그에 비해 레이첼은 감정대로 요리 삼매경이었다. 연자 입
자가 박힌 밥알에서도 그랬다. 입안에 남는 뒷맛은 감미롭기
그지없었으며, 밥알은 씹으면 씹을수록 달았다.

　한국 쌀은 일본 쌀만 못해.

　지금까지 법칙처럼 되뇌던 레이첼의 고집이 사르르 녹아갔
다.

　뱀장어불고기를 밥에 올려 먹으니 맛은 폭발 직전까지 치
달았다. 살짝 방향을 틀어 고구마잎튀김을 물었다. 두 장으로
겹쳐 지져낸 고구마잎이 아작 하고 맑은 소리를 울렸다. 그때
마다 고명으로 뿌린 잣가루의 고소함이 뒤를 받쳤다. 청량한
식감이 상상외였다.

　고구마.

　대개는 뿌리를 먹는다. 더러는 줄기를 먹는다. 하지만 고구
마잎도 버릴 것이 없다. 이렇게 전을 부쳐도 좋고 국을 끓여도
좋으며 나물을 무쳐도 좋았다.

　"하아!"

　레이첼의 시각은 하수오동과볶음으로 건너갔다. 황금동과.
어찌 손이 가지 않을 것인가? 그러나 그 옆 접시의 해당화꽃
찹쌀화전도 만만치 않았다. 해당화의 요염한 자태가 그녀를
홀리는 것이다. 행복했다. 하나씩 집어 입안의 여운이 사라질

때까지 음미했다. 그러다 문득 눈을 떴을 때, 그녀가 동작을 멈췄다.

"······!"

아일라 때문이었다. 아일라, 사랑스럽게 두 손을 괴고 엄마를 바라보고 있었다. 두 눈에는 흐뭇한 감정이 뚝뚝 넘쳐흘렀다.

"아일라!"

"계속 먹어. 엄마 먹는 모습이 너무 예뻐."

아일라가 어른처럼 웃었다.

"아일라······."

"엄마가 그렇게 예쁘게 먹는 거 처음이야. 전에는 돼지처럼 먹거나 방송에 나오는 먹보들 같아서 창피했는데······."

"너, 그럼 여태 먹지 않고?"

레이첼이 상황을 훑어보았다. 접시의 반대편은 거의 그대로였다. 아일라는 화전에 향설고 한 조각을 먹은 후로 요리에 손을 대지 않고 있었다.

"아일라··· 이 요리가 마음에 들지 않아서 그러는 건 아니지?"

"절대!"

아일라는 고개를 저으며 말꼬리를 붙였다.

"고마워."

"뭐가?"

"약속 지켜줘서. 엄마가 계속 그렇게 예쁘게 먹으면 좋겠어. 저번 생일잔치에 친구들이 왔을 때는 좀 창피했어. 엄마가 너무 정신없이 먹어서."

"……."

"그렇게 생각해서 미안해."

"아일라……."

"얼른 먹어. 아일라는 엄마가 먹는 것만 봐도 행복한걸."

"아일라!"

결국 레이첼이 일어섰다. 그러고는 아일라 쪽으로 가서 아일라를 안아 올렸다.

"아일라……."

"먹을 때는 음식에 집중. 그것도 엄마가 한 말이야."

레이첼 품에서 아일라가 말했다.

"알아. 하지만 엄마가 아일라 한번 안아보고 싶어서. 그러고 싶어서……."

레이첼이 아일라 품에 얼굴을 묻었다. 누가 엄마이고 누가 아이인지 알기 어려운 상황. 그러나 상황과 상관없이 마음 따뜻해지는 광경이 아닐 수 없었다.

—궁중연자양갱 작설차양갱.

—약선요화대와 채소과.

—약선소국차.

오늘의 후식이 테이블을 장식했다. 어린 연꽃에 망개순을 넣어 만든 두 가지 궁중양갱은 세련미의 끝판왕이 누군지를 보여주었다. 거기 단정한 실타래로 감아낸 요화대와 채소과의 조합.

요화대는 궁중에서 즐기던 과자의 일종이었다. 메밀의 속껍질을 재료로 반죽한 후, 참기름을 바르고 숙성을 거듭한 후에 가늘게 썰어 실타래처럼 감아 튀겨냈다. 그 한 면에 야생초 무룻으로 만든 조청을 바르고 볶은 연자가루를 뿌렸으니 아삭바삭 부서지는 소리에 고소함이 가득했다. '채소과' 역시 해당화 물을 들인 통밀가루 반죽을 썰어 실타래처럼 감았다. 이를 지초기름에 튀겨내니 해당화의 붉은색이 생화처럼 너울거렸다.

"엄마, 아!"

아일라의 엄마 챙기기는 여기에서 멈추지 않았다. 이제는 먹는 속도에 브레이크가 걸린 레이첼, 그게 기특(?)하다고 요화대를 입에 넣어주는 아일라였다.

레이첼의 식탐이 급격히 꺾인 건 육천기 덕분이었다. 후식이 나올 때 그녀 찻잔 옆에 육천기를 함께 세팅했던 것. 모락모락 피어오르는 향은 그녀의 몸에 활기를 주는 동시에 식욕의 그래프를 뚝 꺾어버렸다.

"이건 우리 아일라 몫."

하나 남은 연자양갱은 레이첼이 집어 들었다. 아일라가 입을 벌리자 연자양갱은 그 안으로 들어갔다.

"엄마, 잘했어?"

포크를 놓은 레이첼이 어린 딸에게 물었다.

"응!"

아일라가 강력한 고갯짓으로 동의를 표했다.

"그럼 엄마 뽀뽀."

그녀가 볼을 가리켰다. 아일라가 다가가 뽀뽀를 선물해 주었다.

쪽!

소리도 맛나게 들렸다.

"어쩜, 러블리 아일라. 누구 딸이기에 이렇게 대견할까?"

레이첼이 딸을 당겨 무차별 뽀뽀를 퍼부었다.

"엄마, 뭐 잊어먹은 거 없어?"

겨우 뽀뽀 세례에서 벗어난 아일라가 물었다.

"뭐? 혹시, 더 먹고 싶은 거 있어?"

"아니, 체중계."

"어머, 내 정신."

"얼마나 줄었을까? 500g, 1kg?"

"아일라는 얼마나 줄었으면 좋을 거 같아?"

"음, 1kg? 엄마 1kg 빠지면 좋아하잖아?"

"좋아. 한번 달아보자."

레이첼이 체중계로 향할 때였다. 민규가 잠시 그 앞을 막았다.

"죄송하지만 이 향을 다 마신 후에 달아보시죠."

민규가 내민 건 새로운 육천기 향이었다. 조엽과 연자가 들어가고, 동과와 작설차 등이 동원되면서 살을 뺄 수 있는 조치는 모두 끝냈다. 하지만 아직 몸 안의 해묵은 잡기들이 다 분해되지 않았던 것.

"알겠어요."

그녀는 기꺼이 민규의 조언에 따랐다. 식사 중간부터 몸이 가뜬해진 레이첼이었다. 살을 후비는 시림도, 뼈를 에는 바람도 사라진 것이다.

"엄마, 나비!"

아일라는 나비를 따라 뛰었다. 식탁에서는 어른스럽던 아일라. 나비 앞에서는 바로 무장 해제였다.

"와아!"

마당을 달리던 아일라가 걸음을 멈췄다. 민규 어깨 주위에서 팔랑거리는 나비들 때문이었다. 그 숫자는 셀 수도 없이 많았다. 아일라가 바라보자 나비들이 아일라에게 옮겨 왔다. 머리에도, 어깨에도 온통 나비 천국이었다.

'자식.'

민규의 시선은 뒷마당에서 그 모습을 바라보고 있는 종규에게 향하고 있었다. 형의 체면 좀 세워주려고 하는 모양이었다.

"까악!"

잠시 후, 체중계에 올라간 레이첼이 비명을 질렀다. 그녀의 체중은 무려 3.5㎏나 줄어들어 있었다. 두 번을 더 올라가도 체중계의 숫자는 변하지 않았다.

"셰프님."

그녀는 감격에 젖어 거의 울먹이고 있었다.

"제 생각에는 다른 국제 난민촌 한 번 더 다녀오면 바로 아가씨 때 몸매로 돌아가지 않을까 싶은데요."

민규가 조용히 웃었다.

"갈게요. 어디든 말씀만 하세요!"

레이첼은 벼락처럼 민규의 콜을 받아들였다.

8. 카피요리의 신

"짠!"

영업이 끝난 시간, 재희가 솜씨 발휘를 했다. 그녀가 내놓은 건 입이 벌어진 꽃만두였다. 살짝 벌어진 입으로 드러난 고운 새우의 식감, 그 위에 하르르 뿌려진 녹차가루가 옥침을 자극 했다. 그러나 궁중만두와 계열이 다소 달랐다.

"어때요?"

민규와 할머니, 종규 앞에서 재희가 긴장을 했다. 민규의 초 빛, 가끔 이런 시간을 가졌다. 서로 돌아가며 요리를 만들고 함께 즐기면서 감상을 이야기하는 자리. 민규는 종종 신메뉴 를 선보였고, 재희와 종규는 그들이 연습한 요리를 재현하면서 실력을 다지는 계기로 삼았다.

"아이고야, 소방(所方)이 살이 쪘네?"

황 할머니 평이 나왔다. 석류만두 소방, 그 정도는 이제 눈을 감고도 맞추는 할머니였다. 그녀 역시 초빛의 당당한 멤버이기 때문이었다.

"소방이 아니고 홍콩만두 같잖아?"

종규의 반응은 좀 달랐다. 재희의 만두는 입을 다물지 않았다. 의도적으로 소를 보여주는 것. 그것도 모자라 소 위에 초록 완두콩 한 알을 올려 싱그러운 포인트까지 주었다. 실수로 입이 벌어진 만두가 아니라는 의미였다.

재희의 시선이 민규를 향했다. 초빛 제국의 군주, 동시에 대한민국 약선요리와 궁중요리의 국가대표. 그렇기에 늘 민규의 평에 대한 긴장만은 놓지 못하는 재희였다.

"슈마이네?"

만두를 바라보던 민규가 빙그레 웃었다.

슈마이.

종규와 할머니의 감상평을 살며시 밀어내는 일본만두였다.

"슈마이?"

종규가 고개를 들었다.

"그렇지? 일본만두?"

민규가 재희를 바라보았다.

"맞아요. 일본 꽃만두인데 하도 예뻐서 한번 도전해 보았어요. 죄송해요."

재희가 얼굴을 붉혔다. 죄송하다고 말하는 건 여기가 초빛인 까닭이었다. 약선요리와 궁중요리는 전통적인 색깔이 강하기 때문이었다.

"No, 왜 죄송해? 새로운 시도라서 멋지기만 한데."

민규가 웃었다. 민규 역시 새로운 시도를 즐기는 셰프. 꽉 막힌 권위 의식으로 재희의 의욕을 누를 생각은 전혀 없었다.

"정말요?"

"안에 넣은 건… 새우와 숙주나물, 그리고 망개순에 김치, 녹차, 그리고 황기?"

민규가 냄새로 재료를 분석해 냈다.

"어머, 역시 셰프님!"

"재료 구성은 재희가 생각한 거지?"

"네, 일본만두라고 굳이 일본 재료로 갈 필요는 없을 것 같아서요. 원전 레시피는 새우, 돼지고기, 양파가 들어갔는데 제가 김치를 넣어서 한국적인 맛을 지닌 약선으로 바꾸어보았어요."

"녹차는 어쩌다 넣게 된 거야?"

민규가 넌지시 물었다.

"그건 용정하인(龍井蝦仁)이라고 중국의……."

카피요리의 신 273

"아뿔싸, 파가 아니라 녹차를 뿌렸네?"

"……."

"잘했어. 요리는 남의 것을 베껴도 보고 응용도 하면서 새로운 세계가 열리는 법이니까."

"용정하인이 뭔데?"

지켜보던 종규가 질문을 던졌다. 민규 역시 재희를 바라보았다. 재희의 설명이 시작되었다.

"용정하인은 새우녹차볶음의 일종인데, 청나라의 건륭제 일화에서 비롯되어요. 신분을 감춘 건륭제가 서호의 어느 음식점에 들어갔는데 용포가 살짝 비치면서 황제의 신분이 드러나고 말았어요. 그에 놀란 주인이 파를 넣어야 할 요리에다 실수로 말린 차의 가루를 넣으면서 시작이 되었다고 해요. 실수였지만 파보다 맛이 더 좋았고 색감도 기가 막히게 어울렸거든요."

"용정하인의 기원은 하나가 더 있을걸?"

민규가 말했다.

"그 이상은 모르겠어요."

"엽차는 방금 딴 새 차가 좋고 술은 오래된 묵은 것이 좋다. 소동파."

"……."

"중국 항주에서 소동파의 작품을 흠모한 한 요리사가 소동파의 글에서 힌트를 얻어 청명전후에 나오는 연한 용정차와 싱싱한 민물새우로 요리를 만들었지. 둘 중 어떤 게 정확한 기원인지는 나도 잘 모르지만."

"으악, 그럼 이게 한중일 삼국지 만두야?"

듣고 있던 종규가 몸서리를 쳤다.

"그래. 재희의 위대한 시도다. 그러니 고맙게, 맛있게 먹어라."

"감사합니다."

민규의 마무리에 재희가 인사를 했다.

"그럼 이제 시식 개시?"

민규가 일동을 돌아보았다.

"하음!"

할머니가 일등으로 '슈마이'를 물었다. 민규도 한 입을 물었다. 재희는 일동을 바라보며 숨을 멈췄다. 내력과 모양 등에 대한 평가는 끝났다. 그러나 요리는 언제나 맛이 생명. 맛없이 화려한 요리라면 조형물에 지나지 않았다.

"새우의 담백함에 녹차의 향긋함, 거기에 김치의 상큼함과 숙주의 아삭함이 잘 어울려, 황기의 은은함도 전체적인 조화를 잘 이루는 것 같고."

전 같으면 '맛있네', '맛없네'로 끝나던 할머니. 이제는 거의 전문가에 가까운 평을 내놓았다.

"종규는?"

민규가 종규에게 물었다.

"할머니 말에 90% 공감하지만 숙주는 조금 아닌 듯. 물기를 제대로 짜지 않은 것 같아."

"……!"

그 말에 재희와 민규 두 사람이 반응했다. 재희는 단점이 나온 데 대한 아쉬움이었지만, 민규는 종규의 미각 능력에 대한 놀라움이었다. 재희의 숙주나물, 확실히 물이 덜 빠진 측면이 있었다. 그러나 애당초 입이 벌어진 만두. 찌는 사이에 습기가 배었기에 알기 어려운 사안을 종규가 짚어낸 것이다.

"재희?"

민규가 재희를 돌아보았다.

"그런 것 같아요… 빨리 만들어서 내놓으려다가…….""

"와우!"

재희가 고백하자 종규가 쾌재를 불렀다. 그녀의 흠을 잡은 쾌감이 아니라 단점을 정확하게 짚어낸 데에 대한 즐거움이었다.

"할머니와 종규 생각에 동의. 황기를 넣어 약선의 의미를 살리고 녹차가루를 뿌린 건 좋은 선택이었다. 하지만 숙주 때문에 나도 90점."

민규가 정리를 했다.

"아휴, 숙주만 아니었으면…….""

재희가 아쉬움을 달랬다. 그녀는 종규처럼 욕심이 많았다.

배울 때 필요한 덕목 중의 하나였다. 그러나 민규는 작은 흠이 바람직하다고 생각했다. 무엇이든 완벽하면 좋다. 하지만 배울 때는 실수를 하는 게 좋다. 그 실수는 평생 기억에 남으며 진주알 같은 재산이 되기 때문이었다.

"하핫, 죽은 신숙주가 재희 손목을 잡았네?"

민규가 웃었다.

숙주나물.

이 또한 족보 있는 나물이다. 고사리, 도라지와 함께 제사상에 올라가는 삼색나물이시다. 생일이나 돌잔치 등의 상차림에도 빠지지 않는다. 원래 이름은 녹두나물. 녹두로 만드니 녹두나물이 당연했고, 녹두채나 녹두장음이라는 이름도 있다.

그런데 어떻게 '숙주'나물이 대세가 되었을까? 기원을 알려면 역사 속으로 잠시 들어가야 한다. 숙주라는 이름이 '신숙주'에게서 비롯된 까닭이었다.

숙주나물은 다루기 어렵다. 자칫하면 무르기 십상. 그러다 보니 단종에게 충성을 맹세한 여섯 신하를 고변하여 처형되게 하는 등 세조를 도운 신숙주. 세조 즉위 후 영의정까지 오르며 부귀영화를 누리게 된 신숙주의 절개를 잘 변하는 녹두나물에 빗대 숙주나물이라고 불렀다. 또한 만두소를 넣을 때 짓이기며 신숙주를 짓이기는 대리만족을 느꼈다.

물론 여기도 다른 주장이 있다. 그 역시 신숙주에 얽힌 이야기다. 신숙주는 녹두나물 마니아였다. 그 사실을 알게 된 세조가 나물 이름을 숙주나물로 부르라 했다는 것이다.

어떤 것이 맞든 녹두나물은 이제 숙주나물로 자리를 잡았다.

재희가 베껴낸 일본 꽃만두 슈마이. 민규는 맛나게 즐겼다. 미각이 식재료 하나하나 속으로 들어갔다. 용정하인이라면 민물새우다. 그러나 재희는 바다새우를 썼다. 바다새우를 정화수에 담가 중화시켰으면 어땠을까? 숙주나물 역시 정화수나 지장수에 담가 싱싱함을 살렸으면 또 어땠을까?

물도 그랬다. 열탕으로 쪄내 경락을 확 열어주었으면? 지장수를 써서 중금속 등을 확 씻어냈으면? 감람수로 몸을 따뜻하게 만들었으면? 그 와중에도 민규의 상상은 그치지 않았다. 재희의 일본만두 카피가 주는 즐거움. 중국의 내력까지 더한 즐거움이었다.

하지만!

민규는 알지 못했다. 재희가 만든 카피요리. 카피요리만으로 전설을 이룬 요리사가 있다는 사실. 그 전설의 요리사가 지금, 민규를 만나기 위해 인천공항에서 입국심사를 받고 있다는 것.

아델슨.

그의 이름이었다.

뉴욕 정상급 레스토랑의 주인이자 셰프.

입국장을 나선 그의 발이 멈췄다. 한 식당의 그림이 들어간 광고판 앞이었다. 광고판은 바로 그의 사진으로 담겼다. 곧 그는 공항철도에 올랐다. 그리고 자리를 잡은 뒤 메모장을 열었다. 그의 메모장 안에서 반짝이는 단어가 보였다.

[초빛]

"어서 오십시오."

같은 시간, 민규는 루이스 번하드를 맞이하고 있었다. 그를 데려온 건 택시였다. 가게는 세 테이블만 차 있었다. 그러나 모두 식사 후에 차를 마시는 손님들. 루이스와의 편안한 대화를 위해 나머지 시간은 비워둔 민규였다.

"좋아 보이는군요."

루이스 번하드가 덕담을 건네왔다.

"덕분에요."

"덕분이라뇨? 저 때문이라면 셰프 주름이 늘었겠죠? 갈라예프 회장의 비즈니스가 만만하지는 않았을 테니까요."

"예?"

민규가 다시 물었다. 이번에는 그의 영어가 너무 빨랐다. 그럴 때면 해석을 놓쳐 버리는 민규였다.

"갈라예프 말입니다. 결코 손해를 모르는 사람이거든요."

"아, 예……."

"비하인드 스토리 없어요? 아넬슨이 지금 서울로 오고 있다는데 시간도 조금 남고……."

내실에 자리 잡은 루이스 번하드, 기어이 듣고야 말겠다는 미소였다.

"남녀의 썸씽 같은 걸 기대한다면… 아쉽게도 블라디보스토크의 야경을 한 번도 보지 못하고 온 신세입니다."

"으음, 그건 좀 아쉽군요. 러시아라면 미녀로 유명한 나라인데……."

"다행히 러시아요리는 실컷 즐겼습니다. 회장님의 전속 요리사께서 호의를 베풀어주신 덕분에……."

"아, 부시코프 말인가요?"

"아세요?"

"알다마다요. 한때는 내 미각을 사로잡던 셰프였죠. 갈라예프에게 가기 직전의 전성기 때 말입니다. 특히 두바이 6성 호텔에서의 코셔와 할랄 요리는 중동 지역에 센세이션을 일으킬 정도로 전설적이었습니다."

"역시… 굉장한 셰프였군요. 루이스의 미각을 사로잡을 정도면."

"그래서 갈라예프가 모셔 간 거죠. 당시 부시코프가 뉴욕과 로마를 거쳐 아랍에미리트 최고의 호텔에 수석 셰프로 있었는데 중동을 드나들던 갈라예프가 그 솜씨에 반해 자가

용 비행기까지 띄워서 모셔 갔습니다. 한동안 이 바닥의 화제였죠."

"이야……."

"부시코프의 러시아 만찬을 받았다면 내가 너무 미안해하지 않아도 되겠군요. 그러면 정통 러시아요리부터 현대 러시아요리까지 쫙 깔아주었을 테니……."

"거의 그랬습니다. 제가 소화를 돕는 약수를 셀프로 만들어 마시면서까지 즐겼지 뭡니까?"

"그도 즐거웠을 겁니다. 이 셰프처럼 요리의 신에 버금가는 사람을 만난 것. 지금은 갈라예프와 오래 있다 보니 좀 무뎌졌겠지만 다른 요리 흡수하는 걸 굉장히 즐기거든요. 덕분에 세계 5대 요리 강국으로 불리는 나라의 요리에 두루 정통하지요."

"덕분에 좋은 경험을 한 것 같습니다."

"내가 할 말입니다. 수고는 셰프께서 했는데 나의 정평이 올라갔단 말이죠. 그렇잖아도 셰프를 소개해 달라는 세계 각국 부호와 유명인들의 연락이 끊이질 않습니다."

"그렇게까지야……."

"에바에게 확인해 보세요. 갈라예프가 그 이틀 후에 세계 에너지 거물들과 만찬이 있었는데 거기서 이 셰프에 대한 극찬을 늘어놓았습니다. 뭐라고 했는지 아십니까?"

"글쎄요."

"마침 에바가 보낸 화면이 있으니 잠깐 보여 드리죠."

루이스 번하드가 핸드폰을 터치하더니 동영상이 나왔다. 화면의 인물은 갈라예프였다. 그의 얼굴에는 생기가 넘쳤다.

[프랑스요리? 중국요리? 터키요리? 일본요리? 러시아요리? 다 조용히 하라고 하시오. 나에게 묻는다면 현재 지구상 최고의 자원과 인프라는 몰라도, 최고의 요리사를 가진 나라는 단연코 코리아라오!]

갈라예프의 '선언'이었다. 좌중을 휘어잡는 음성이었다. 나름 미식가를 자처하는 세계 각국의 에너지 큰손들도 그 기세에 눌려 입을 열지 못하고 있었다.

"어떻습니까?"

"하핫, 갈라예프 회장님의 화통함이라면 그럴 수 있지요. 반만 믿으시면 될 것 같습니다."

"나머지 반은 셰프의 겸손함이지요."

"너무 그러시면 제가 긴장하게 됩니다."

"뭐, 어쩌면 오늘은 좀 긴장하셔도 될 것 같습니다."

"네?"

"지금 달려오는 아델슨, 셰프에게 신선한 경악을 안겨줄지도 모르거든요."

"……."

"이 약수 전채 말입니다."

루이스 번하드가 약수 3종 세트를 가리키며 말을 이었
다.

"어쩌면 내일, 아델슨의 뉴욕 레스토랑에 정식 메뉴로 올라
갈지도 모릅니다."

"예?"

"한국말에 백문이 불여일견이라는 게 있지요?"

"예……."

"직접 경험해 보십시오. 그게 최고일 테니."

루이스의 미소는 서늘할 정도로 의미심장해 보였다.

＊　　　＊　　　＊

아델슨.

그도 택시였다. 오렌지색 택시에서 내린 그는 연못으로 방
향을 틀었다. 그리고 거기 피어난 뽀얀 연꽃을 보더니 연못에
손까지 담갔다. 풀꽃에 앉아 있던 잠자리가 사뿐 날아올랐다.
그가 연못에 얼굴을 비췄다. 그 얼굴 뒤로 불쑥, 루이스 번하
드의 얼굴이 들어왔다.

"여전하시군?"

루이스 번하드가 수면 안에서 웃었다.

"루이도요."

아델슨 역시 수면 안에서 웃었다. 둘은 연못 속의 서로를

바라보며 말을 이었다.

"소감이 어떤가?"

"프랑스 남부 지방의 모랭 셰프를 찾아갔을 때의 느낌입니다."

"그렇군. 모랭의 레스토랑 앞에도 작은 연못이 있었지?"

"수련도 있습니다."

그제야 아델슨이 고개를 돌렸다. 그 눈에 민규가 들어왔다. 민규는 정중한 인사로 새로운 손님을 맞았다.

"내가 말씀드린 아델슨입니다. 벌써 셰프를 염탐하고 있군요."

루이스 번하드가 웃었다.

"아델슨입니다. 루이의 말처럼 염탐이 제 주특기지요."

아델슨도 웃었다.

"볼 것 없는 가게를 일부러 찾아와 주시니 고맙습니다. 들어가시죠."

민규가 안쪽을 가리켰다.

"그럴까요? 제 염탐의 핵심은 역시 셰프들의 주방 모습이니……."

아델슨이 따라나섰다. 환한 미소만큼이나 발걸음도 경쾌한 아델슨이었다.

"효율적인 동선이군요. 시간이 짧은 요리부터 긴 요리까지 무리 없이 해낼 수 있는 혁신적인 배치… 스튜들의 위치도 탁월하고……?"

주방을 구경하던 아델슨이 이상배의 유리잔 앞에서 동작을 멈췄다.

"특별한 컵이군요? 와인 잔은 아닌 것 같고?"

"약수라고… 전채로 내는 물컵입니다."

"물 전채요?"

"예."

"오늘 제가 맛볼 수 있나요?"

아델슨의 표정은 벌써부터 기대로 부풀어 있었다. 즉석에서 초자연수 한 잔을 소환해 주었다. 폐 속의 끝까지 시원해지는 정화수였다.

"와우, 판타스틱!"

아델슨이 과장된 표정을 지었다. 그러나 경박하지 않았고 경외감마저 비치는 얼굴이었다.

"신기하군요. 묵직하고 달달한 뒷맛… 게다가 뇌수를 빠악 후려치는 듯 정신을 번쩍 들게 하고 눈을 정화시켜 밝게 만드는 듯한?"

"탁월한 묘사로군요. 그런 맛이 맞습니다."

"오오, 갓갓갓, 물입니까? 아니면 이 잔입니까? 그것도 아니면 물과 잔의 상호 조화입니까?"

아델슨은 물잔에서 눈을 떼지 못했다.

"물맛입니다. 잔은 분위기를 위해 특별히 고안했고요."

"과연… 이 잔을 쓴 이유가 있군요. 잔이 약수 맛을 확 올려주는 분위기입니다."

"고맙습니다."

"와우!"

"와아우!"

아델슨은 몇 번 더 놀랐다. 한 번은 약재 창고의 다양한 약
재들 때문이었고 또 한 번은 식재료 칸의 야생초와 그 씨앗들
때문이었다.

"아, 이 아련한 자연의 숨결들… 영국 왕립약초연구소 방문
이후 처음이군요. 이 많은 약재를 다 요리에 쓰시나요?"

"예, 손님의 상태에 따라……."

"맛을 봐도 될까요?"

그가 물었다. 그의 호기심은 실바람처럼 쉴 새 없이 파닥거
렸다.

"물론이죠."

민규의 답이 떨어지기 무섭게 백복령을 집어 드는 아델
슨. 지그시 씹더니 진지하게 감상에 잠겼다. 한참을 음미
하고는 다음으로 넘어간다. 약재 창고에 있던 약재는 대
략 43가지.

한두 개 맛보다 말겠거니 했지만 민규의 오산이었다. 아델
슨, 놀랍게도 마흔세 가지 약재를 빠짐없이 맛보았다.

차별할 수 없어서요.

식재료는 다 소중하니까요.

그의 너스레였다.

"그냥 씹기에는 이 두 가지가 가장 좋군요."

그의 간택을 받은 약재는 감초와 당귀였다. 감초야 말할 것
도 없지만 당귀는 신비한 향을 머금고 있었다.

"가장 매력적이면서도 괴로운 건 이거고요."

다음은 오미자였다. 단맛, 신맛, 떫은맛, 매운맛, 짠맛의 다
섯 가지를 갖춘 오미자. 그냥 먹기에 유쾌한 맛은 아니었으니
그의 관찰력이 놀라울 뿐이었다.

"염탐은 끝나셨나?"

아델슨이 내실로 돌아오자 먼저 자리를 잡은 루이스 번하
드가 물었다.

"단지 탐색전의 끝이죠. 최고의 염탐은 역시 이 셰프님의
요리가 아니겠습니까?"

몇 개 집어 온 당귀 조각을 씹으며 아델슨이 웃었다.

"이 셰프, 어때요? 우리 아델슨의 넉살. 이 넉살로 세상의
어느 셰프라도 녹여 버리니 조심하셔야 할 겁니다."

루이스 번하드가 민규를 바라보았다.

"그럴 거 같습니다."

민규가 동의했다.

"그래도 식재료에 쓰이는 약재라 뒷맛들이 좋네요. 영국의
약초연구소에는 치약 맛이 나는 허브들이 너무 많아서 괴로웠
는데……."

아델슨이 넉살을 떨었다.

"바질 팅크처 테스트에도 참가했던 모양이군?"

루이스 번하드의 질문이 나왔다.

"원래는 안 된다는 걸 불뚝 고집을 좀 부렸죠. 토종약초의 효능을 찾는 목적이 뭐냐? 결국 인간의 삶을 윤택하게 하는 것 아니냐? 그러니 나 같은 셰프가 그걸 응용할 수 있다면 그야말로 목적에 부합되는 것 아니냐?"

"그 친구, 누군지 몰라도 실수했어. 그냥 조용히 참가시켜 줄 일이지……."

"그래서 그런지 그날은 좀 독한 액제를 많이 내놓았습니다. 에탄올 맛도 심했고요."

"소심하게 한 방 먹였군?"

"나중에 자수를 하더라고요. 자연스러운 팅크처 방법도 알려주었고요."

"호오, 온몸으로 공부한 셈이군. 그래, 그 비법은 뭐였나?"

"의외로 간단했습니다. 햇살이 쨍쨍한 날, 야외에서 꺾은 꽃을 맑은 물잔에 담가두는 거죠. 그러면 꽃 자체가 품고 있는 온기와 생기가 물에 진액으로 녹아난다더군요."

"자넨 당연히 그 자리에서 해봤을 테고?"

"빙고!"

아델슨이 엄지를 세우자 루이스 번하드가 짝 소리를 내며 부딪쳐 주었다. 두 사람의 케미도 나무랄 데가 없었다. 루이스 번하드의 마법이었다. 그는 미각뿐만 아니라 인간 친화적인 유전자까지 가지고 있는 것 같았다.

팅크처.

동물이나 식물에서 얻은 액체나 화학물질을 에탄올 혹은 에탄올과 정제수의 혼합액을 사용해 흘러나오도록 해서 만든 액제를 가리킨다. 민규가 사용하는 약선의 의미도 에탄올을 쓰지 않을 뿐, 비슷한 내용일 수 있었다.

"요리는 어떤 걸로 올릴까요?"

민규가 주문에 들어갔다.

"마음대로 고르시게. 오늘의 우선권을 넘겨 드리지."

루이스 번하드가 선택권을 주었다. 아델슨의 시선이 고정 메뉴를 훑었다.

[전약, 탕평채, 7첩 반상 왕의 수라, 왕실골동반, 야생초죽, 황금궁중칠향계…….]

"전약은 소고기의 일부를 사용해 만든 일종의 약선 테린이고 탕평채는 채소 종합 모둠, 7첩 반상은 과거 왕들의 식탁, 골동반은 다양한 음식을 넣고 비벼 먹는 비빔밥, 야생초죽은 야생초로 만든 일종의 수프이며, 칠향계는 닭 요리로써……."

"칠향계로 갑니다. 나머지는 셰프의 뜻에 맡기겠습니다."

아델슨의 오더는 황금궁중칠향계에서 쾅, 도장을 찍어버렸다.

"칠향계는 중탕을 하는 요리라 시간이 조금 걸립니다. 일단이걸 요기로 삼으시기 바랍니다."

"아아!"

민규가 내려놓은 세 가지 요리. 단숨에 아델슨의 넋을 후려쳐 버렸다.

—약선쑥단자.

—약선석류샐러드.

—궁중연자육경단.

소박한 미의 절정이 거기 있었다.

"아아… 쏘 뷰리풀……."

바라보는 그의 시선이 속절없이 떨렸다. 우아한 자태는 기본이었다. 더불어 하르르 피어나며 촉수와 후각을 자극해 오는 풍미 또한 압권이었다. 요란하지 않고 은은하되 영혼을 위로하는 자연의 풍미. 그 정수가 아델슨의 뇌수를 쪼아버린 것이다.

빡!

인정사정없는 '빡'이었다.

쑥단자의 쑥은 깊디깊은 녹색이었다. 마치 천년의 비밀을 간직한 듯싶었다. 쑥가루에는 대추가루와 당귀가루도 살짝 더했다. 대추는 비위의 기를 올리고, 당귀는 피를 맑게 해주니 쑥의 효능과 함께 건강식 자체가 되었다.

그 녹색에 굴려 묻혀낸 밤가루의 노란 자태 또한 꿈결 같았다. 입에 넣으면 쑥단자가 녹아버릴 듯싶었다. 거기 쓴 반죽물은 당연히 춘우수와 열탕수. 쑥은 봄풀이니 봄의 정기를 살렸고 열탕의 신비로 활기의 신명을 끌어냈다.

다음 접시의 석류는 환상 자체였다. 석류즙을 짜 젤라틴과 배 추출물을 더해 끓이다 중간에 유자즙을 넣고 더 끓였다.

매화 모양의 틀에 반쯤 붓고, 씨를 제거한 생석류 과육을 가운데에 놓았다. 그런 다음 다시 부어 모양을 잡았다. 완성된 석류젤리는 생동감으로 가득했다. 산마늘잎을 몇 장 깔고 올려놓으니 튤립을 담아놓은 자태가 되었다.

"······!"

아델슨의 시선은 지진이 날 것 같았다. 젤리 속에 든 과육 때문이었다. 그는 그게 석류 살이라는 걸 알았다. 하지만 알 수 없었다. 안에 있어야 할 속 씨가 감쪽같이 사라져 있었기 때문이다. 석류처럼 연약한 알갱이의 속 씨를 빼면 과육이 망가지는 게 진리. 그럼에도 불구하고 민규의 과육은 거의 원형이었다.

'속 씨 없는 석류?'

고개를 갸웃하는 것도 잠시였다. 연자육경단의 존엄 때문이었다. 백년초의 세련된 꽃자주색과 아련한 녹차의 녹색 옷을 입고 나온 연자육경단. 그 위에 올려진 건 대추 오림과 잣 조각. 그러나 대추 오림은 소국처럼 피었고 잣 역시 끝을 정교하게 갈라 작은 꽃을 연출하고 있었다.

루이스 번하드는 아델슨이 대책 없이 경련하는 모습을 빠짐없이 지켜보고 있었다.

인류 역사상 최고의 카피요리사.

한 번 보면 모양은 물론이고 맛까지 그대로 재현하는 셰프.

과연 이 요리를 재현해 낼까?

민규의 우레타공으로 씨를 바른 석류 살의 형태도?

루이스 번하드의 흥미는 폭발 직전까지 상승해 갔다.

—궁중칠향계.

식재료: 통통하게 묵은 암탉, 도라지, 생강, 파, 천초, 간장, 기름, 식초.

재료는 재희가 선별해 놓았다. 닭은 재래닭으로 좋은 것이 올라왔다. 도라지 역시 바위틈에서 자란 최상급의 약성이었다.

"더 큰 것."

민규는 재희가 골라 온 재래닭에 뺀찌를 놓았다.

"도라지의 약성이 너무 좋아. 바닷가의 무인도 바위틈에서 나온 대물인 것 같거든."

이유를 설명했다. 도라지의 약성이 너무 좋다. 좋다고 그냥 넣으면 군신좌사의 상위를 차지한 닭이 감당하지 못한다. 임금이 나약하면 신하들이 활개 치는 법. 그러니 도라지의 약성을 감당할 만큼 큰 닭을 골라야 했다. 그렇다고 도라지를 잘라낼 수도 없는 일이었다.

통째로!

자연이 완성시킨 약도라지.

그 숭고함을 지켜줘야 했다.

재래닭 안에 재료를 정성껏 밀어 넣었다. 양념까지 넣은 뒤 옹기에 담았다. 기름 먹인 한지로 옹기 입구를 밀봉하면 준비는 끝. 맞춤한 사기 접시로 덮어주고 중탕에 돌입했다. 물은 정화수를 소환했다.

닭 요리에는 칠향계만 한 게 없었다.

조선시대 대표적인 닭 요리는 연계찜과 수중계였다. 둘 다 일종의 찜이었다. 수중계는 기름에 닭을 볶은 후 물과 밀가루를 부어 걸쭉하게 만든 뒤 채소를 곁들여 먹는 요리다.

칠향계와 유사한 요리로는 '닭곰'을 들 수 있다. 닭을 잡아서 내장을 제거하고 찹쌀과 황기, 밤 등을 넣고 찜통에서 쪄낸다. 황기 대신 인삼을 넣으면 삼계탕에 가깝고, 도라지를 넣으면 칠향계에 가깝다.

현재 널리 알려진 닭 요리는 삼계탕. 그 인삼을 닭에 사용했다는 내용은 조선의 문헌에 등장하지 않는다. 인삼이 18세기 중반에야 본격적으로 재배된 까닭이다. 그러니까 그 이전의 대세는 도라지였다.

잠시 내실 풍경을 돌아보았다. 아델슨은 여전히 명랑했다. 요리에 대한 열정은 활화산 같지만 요리를 감상할 때는 냉철한 사람. 어쩌면 이 순간에도 쑥단자와 석류젤리, 연자육경단에 미각과 후각, 촉각이라는 현미경을 들이대고 있는 것만 같았다.

마무리는 역시 상지수 황금 코팅이었다. 칠향계를 찐 찜통의 물에 식용 금가루를 풀어내 칠향계에 고이 씌웠다. 포실한 재래닭은 럭셔리 황금닭으로 변신했다.

닭의 변신은 무죄!

"……!"

요리 접시를 내려놓자 아델슨이 움찔 흔들렸다.

―궁중황금칠향계.

그 포스는 존엄 자체였다. 어쩌나 선명한 황금빛인지 눈이 시릴 정도였다. 칠향계는 커다란 연잎 위에 올라앉았고 그 바닥에는 씨간장을 베이스로 하는 약선 소스가 있었다. 장식으로 놓은 국화는 생밤을 깎아 연출한 것. 그것조차 허투루 하지 않아 아델슨의 시선은 갈 곳을 잃었다.

"이게… 셰프의 닭 요리입니까?"

그렇게 묻는 아델슨의 목소리가 떨리고 있었다.

"오래 기다리셨죠? 맛을 보십시오. 현대 한국의 대표적인 닭 요리는 삼계탕과 프라이드치킨이지만 칠향계의 맛에는 미치지 못할 겁니다."

민규가 요리를 권했다.

"아아, 이건 요리가 아니라 보석을 받아 든 듯하군요. 그것도 아니면 프랑스 궁정 황제의 요리거나……."

"맛도 보석만큼 영롱할 겁니다."

"루이, 먼저 드시죠."

아델슨이 루이스 번하드를 바라보았다.

"역시 아델슨 먼저. 오늘은 뭐든 자네가 퍼스트라네."

"정 그러시면……."

아델슨이 포크와 작은 나이프로 칠향계의 배를 열었다. 외국인임을 감안해 나이프까지 세팅한 민규였다.

"흐흠… 이 냄새… 생강과 파, 고소한 기름에 퀄리티 좋은 식초, 그리고 두어 가지 한국의 허브들… 인삼과 유사한 냄새이기는 한데 아주 다른 것 같기도 같고… 또 하나는 알싸한 향미의……."

눈을 감은 아델슨, 풍미만으로 칠향계에 들어간 재료들을 골라냈다. 민규의 촉각이 꿈틀 반응을 했다. 외국인이기에 천초와 도라지를 모르는 것이지, 한국인이었다면 그것까지 맞춰버릴 기세였다.

화아아!

미친 듯이 모락거리는 풍미와 함께 칠향계의 배 속 비밀이

드러났다.

"흐음, 이거였군요. 인삼의 친척인가요?"

아델슨이 도라지를 가리키며 물었다.

"그렇다고 할 수 있겠네요. 인삼처럼 사포닌을 함유한 식재료이자 약재입니다."

"알싸한 향을 풍기는 이 녀석은요?"

"천초입니다. 도전적인 맛을 좋아하는 사람에게 딱인 식재료지요."

"그럼 도전해 보겠습니다."

확인을 끝낸 아델슨, 가슴살을 결대로 떼어내 작은 접시로 옮겼다. 접시 옆에는 검은색 분말이 담긴 소스 종지가 있었다. 아델슨은 특별한 소스로 생각하고 가슴살을 살짝 찍었다.

"……?"

가슴살을 푸짐하게 문 아델슨의 눈이 휘둥그레졌다.

'소금?'

소금은 분명했다. 그러나 아주 달랐다. 거칠거나 사나운 맛은 사라지고 달달한 뒷맛으로 작렬하는 짠맛. 이건 바다에서 나온 게 아니었다. 그보다 중요한 건 가슴살의 맛을 기막히게 살려준다는 것. 그의 기억으로는 그 어떤 소스에 비할 바가 아니었다.

레몬소금.

와인소금.

그의 기억에 최상급 소금들이 스쳐 지나갔다. 레몬소금
은 만능 소금으로 불린다. 떫은맛이 나는 흰 부분까지 함께
절여두면 신맛부터 상큼하고 담백한 맛까지 상승시켜 버린
다.

와인소금 역시 육류와 생선을 가리지 않고 최적의 맛을 자
아내는 비법 소금들이었다. 그러나 이건, 그 둘 중 어느 편도
아니었다.

"셰프……."

아델슨이 민규를 바라보았다.

"붉나무라고 한국에 자생하는 나무로 만든 소금입니다. 뒷
맛이 일품이죠."

"붉나무……."

그는 중얼거리며 요리에 몰입했다. 씨간장 베이스 소스도
찍어보고 채소 소스도 찍었다. 그 어떤 시식에서도 그의 날숨
은 설렘을 감추지 못했다.

가슴살―다리―날개―어깨살.

부위별 시식을 마친 그는 한동안 눈을 뜨지 않았다. 이제
는 날숨조차도 요가를 하는 듯 오래 참았다. 소의 되새김처럼
목에서 멀어진 맛까지 음미하는 것이었다.

그러다 살포시 눈을 떴다. 그러고는 민규에게 기상천외한
제안을 꺼내놓았다.

"셰프."

"예?"

"제가 이 요리를 만들어봐도 되겠습니까?"

『밥도둑 약선요리王』 12권에 계속…

초대형 24시 만화방

신간 100%, 샤워실, 흡연실, 수면실(침대석), 커플석, 세탁기 완비

▪ 광명 광명사거리역점 ▪

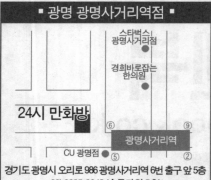

경기도 광명시 오리로 986 광명사거리역 6번 출구 앞 5층
02) 2625-9940 (솔목타워 5층)

▪ 강북 노원역점 ▪

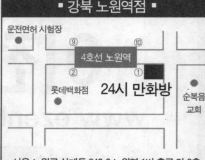

서울 노원구 상계동 340-6 노원역 1번 출구 앞 3층
02) 951-8324 (화용빌딩 3층)

▪ 일산 정발산역점 ▪

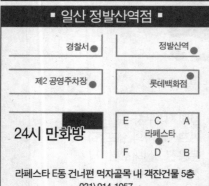

라페스타 E동 건너편 먹자골목 내 객잔건물 5층
031) 914-1957

▪ 일산 화정역점 ▪

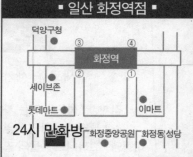

경기도 고양시 덕양구 화정동 984번지 서일빌딩 7층
031) 979-4874 (서일사우나 건물 7층)

▪ 부천 역곡역점 ▪

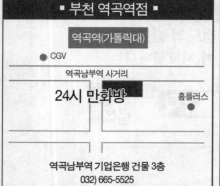

역곡남부역 기업은행 건물 3층
032) 665-5525

▪ 부평역점 ▪

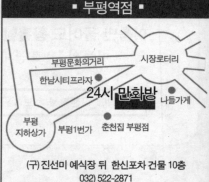

(구) 진선미 예식장 뒤 한신포차 건물 10층
032) 522-2871

레저렉션
Resurrection

MODERN FANTASTIC STORY

김대산 현대 판타지 소설

강한
금강불 되
괴다

가족의 사고 이후 죽지 못해 살아가던 청년 김강한.
우연히 한 여자를 구하게 되면서 새로운 세계와 만나다.

마음이 일어 행하지 못할 것이 없는 궁극의 경지?
외단(外丹)? 내단(內丹)? 금강불괴?

"이게 다 무슨 개 풀 뜯어 먹는 소리야?"

그러나 진짜다!
김강한, 마침내 금강불괴가 되다!

Book Publishing CHUNGEORAM

유행이 아닌 자유추구 -
WWW. chungeoram.com

너의 옷이 보여

킹묵 현대 판타지 소설
MODERN FANTASTIC STORY

꿈을 안고 입학한 디자인 스쿨에서
낙제의 전설을 쓴 우진.
실망한 채 고국으로 돌아오기 직전 교통사고를 당하고,
아무것도 보이지 않던 왼쪽 눈에
무언가가 보이기 시작한다.

그것도 어딘가 이상하게.

오직 그 사람만을 위한 세상에 단 한 벌뿐인 옷.
옷이 아닌 인생을 디자인하라!

디자이너 우진, 패션계에 한 획을 긋다!

Book Publishing CHUNGEORAM

유행이 아닌 자유추구 -
WWW. chungeoram.com

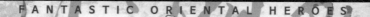

FANTASTIC ORIENTAL HEROES

와룡봉주

임영기 新무협 판타지 소설

세상천지 원하는 것을 모두 다 이룬
천하제일인 십절무황(十絕武皇).

우화등선 중, 과거 자신의 간절한 원(願)과 이어진다.

"…내가 금년 몇 살이더냐?"
"공자께선 올해 스무 살이죠."

개망나니였던 육십사 년 전으로 돌아온
화운룡(華雲龍).

멸문으로 뒤틀린 과거의 운명이 뒤바뀐다!

Book Publishing CHUNGEORAM

유행이 아닌 자유추구 -
WWW.chungeoram.com